名家散文自选集

散文就是同亲人谈心

平常人语

林希/著

民主与建设出版社

① 1955 年时在天津作协

② 1983 年在日本

③ 2005 年在莫斯科

④ 2015 年在天津

⑤ 50 岁在新疆

⑥ 林希在家中

⑦ 2014 年在美国

1995年在海南

平常人语

目录

一 · 石缝间的生命

二 · 托尔斯泰之死

三 · 平常人说平常

一·石缝间的生命

石缝间的生命

石缝间倔强的生命，常使我感动得潸然泪下。

是那不定的风把那无人采撷的种子撒落到海角天涯。当它们不能再找到泥土，它们便把最后一线生的希望寄托在这一线石缝里。尽管它们也能从阳光中分享到温暖，从雨水里得到湿润，而唯有那一切生命赖以生存的土壤却要自己去寻找。它们面对着的现实该是多么严峻。于是，大自然出现了惊人的奇迹，不毛的石缝间丛生出倔强的生命。

或者就是一簇一簇无名的野草，春绿秋黄，岁岁枯荣。它们没有条件生长宽阔的叶子，因为他们寻找不到足以使草叶变得肥厚的营养，它们有的只是三两片长长的细瘦的薄叶，那细微的叶脉告知你生存该是多么艰难；更有的，它们就在一簇一簇瘦叶下又自己生长出根须，只为了少向母体吮吸一点儿乳汁，便自去寻找那不易被觉察到的石缝。这就是生命。如果这是一种本能，那么它正说明生命的本能是多么尊贵，生命有权自认为辉煌壮丽，生机竟是这样地不可扼制。

或者就是一团一团小小的山花，大多又都是那苦苦的蒲公英。它们的茎叶里涌动着苦味的乳白色的浆汁，它们的根须在春天被人们挖去做野菜。而石缝间的蒲公英，却远不似田野上的同宗生长得那样茁壮。它们因山风的凶狂而不能长成高高的躯干，它们因山石的贫瘠而不能拥有众多的叶片，它们的茎显得坚韧而苍老，它们的叶因枯萎而失却光泽；只有它们的根竟似那柔韧而又强固的筋条，似那柔中有刚的藤蔓，深埋在石缝间狭隘的间隙里；它们已经不能再去为人们做佐餐的鲜嫩的野菜，却默默地为攀登山路的人准备了一个可靠的抓手。生命就是这样地被环境规定着，又被环境改变着，适者生存的规律尽管无情，但一切的适者都是战胜环境的强者，生命现象告诉你，生命就是拼搏。

如果石缝间只有这些小花小草，也许还只能引起人们的哀怜；而最为令人赞叹的，就在那石岩的缝隙间，还生长着参天的松柏，雄伟苍劲，巍峨挺拔。它们使高山有了灵气，使一切的生命在它们的面前显得苍白逊色。它们的躯干就是这样顽强地从石缝间生长出来，扭曲地、旋转地，每一寸树衣上都结痂着伤疤。向上，向上，向上是多么地艰难。每生长一寸都要经过几度寒暑，几度春秋。然而它们终于长成了高树，伸展开了繁茂的枝干，团簇着永不凋落的针叶。它们耸立在悬崖断壁上，耸立在崇山峻岭的峰巅，只有那盘结在石崖上的树根在无声地向你述说，它们的生长是一次多么艰苦的拼搏。那粗如巨蟒，细如草蛇的树根，盘根错节，从一个石缝间扎进去，又从另一个石缝间钻出来，于是沿着无情的青石，它们延伸过去，像犀利的鹰爪抓住了它栖身的岩石。有时，一株松柏，它的根须竟要爬满半壁山崖，似把累累的山石用一根粗粗的缆绳紧紧地缚住，由此，它们才能迎击狂风暴雨的侵袭，它们才终于在不属于自己的生存空间为自己占有了一片天地。

如果一切的生命都不屑于去石缝间寻求立足的天地，那么，世界上就会有一大片一大片的地方成为永远的死寂，飞鸟无处栖身，一切借花草树木赖以生存的生命就要绝迹，那里便会沦为永无开化之日的永远的黑暗。如果一切生命都只贪恋于黑黝黝的沃土，它们又如何完备自己驾驭环境的能力？又如何使自己在一代一代的繁衍中变得愈加坚强呢？世界就是如此奇妙。试想，那石缝间的野草，一旦将它们的草子撒落到肥沃的大地上，它们一定会比未经过风雨考验的娇嫩的种子具有更为旺盛的生机，长得更显繁茂；试想，那石缝间的蒲公英，一旦它们的种子，撑着团团的絮伞，随风飘向湿润的乡野，它们一定会比其他的花卉生长得茁壮，更能经暑耐寒；至于那顽强的松柏，它本来就是生命的崇高体现，是毅力和意志最完美的象征，它给一切的生命以鼓舞，以榜样。愿一切生命不致因飘落在石缝间而期期艾艾。愿一切生命都敢于去寻求最艰苦的环境。

生命正是要在最困厄的境遇中发现自己，认识自己，从而才能锤炼自己，成长自己，直到最后完成自己，升华自己。石缝间顽强的生命，它既是生物学的，又是哲学的，是生物学和哲学的统一。它又是美学的；作为一种美学现象，它展现给你的不仅是装点荒山秃岭的层层葱绿，它更向你揭示出美的、壮丽的心灵世界。石缝间顽强的生命，它是具有如此震撼人们心灵的情感力量，它使我们赖以生存的这个星球变得神奇辉煌。

泪的重量

轻的泪，是人的泪；而动物的泪，却是有重量的泪。

那是一种来自生命深处的泪，是一种比金属还要重的泪。也许人的泪中还含有虚伪，也许人的泪里还有个人恩怨；而动物的泪里却只有真诚，也只有动物的泪，才更是震撼人们灵魂的泪。

我第一次看到动物的泪，是我家一只老猫的泪。这只猫已经在我家许多年了，不知道它有多大年纪，只知道它已经成了我们家的一个成员。

多少年过去，这只老猫已经太老了。母亲说，这只老猫的寿限就要到了。我们一家人最担心的是怕它死在家中一个不为人所知的角落，我们怕会给我们带来麻烦。就这样，每天每天地观察。我们只是看到这只老猫确实是一天一天地更加无精打采了。但它还是就在屋檐下，窗沿上静静地卧着，似在睡，又似在等着那即将到来的最后的日子。也是无意间的发现，我到院里去做什么事情的时候，因为看见这只老猫在窗沿上卧得太久了，我就过去想看看它是睡着了，还是和平时一样地在晒太阳。当我靠近它的时候，我却突然发现，就在那只老猫的眼角处凝着一滴泪珠。看来，这滴泪珠已经在它的眼角驻留得太久了，那一滴泪已经被太阳晒得活像一颗琥珀，一动不动，就凝在眼角，还在阳光下闪出点点光斑。“猫哭了。”不由自主地，我向房里的母亲喊了一声，母亲立即就走了出来，她似在给这只老猫最后的安慰。谁料这只老猫一看到母亲向它走了过来，立即挣扎着站了起来，用最后的一点儿力气一步一步地向房顶爬去。这时，母亲还尽力想把它引下来，也许是想给它点儿最后的食物，但这只老猫头也不回地就一步一步地向远处走去了，走得那样缓慢，走得那样沉重。

直到这时，我才发现是我们对它太冷酷了，它在我们家活了一生，我们还是怕它在我们家中终结生命，总是盼着它在生命的最后时刻，能够自己走开，无论是走到哪里，也比留在我们家强。最先我们还以为是它不肯走，怕它要向我们索要最后的温暖，但是我们把它估计错了，它只是在等着我们的最后送别，而在它发现我们已经感知到它要离开我们的时候，只留下一滴泪，然后就悄无声息地走开了，不知走到什么地方去了。

动物的泪是圣洁的，它们不向人们索求回报。

我第二次看到动物的泪，是一头老牛的泪。我们家在农村有一户远亲，每年寒暑假，母亲都要把我送到这家远亲那里去住，那里有我许多的小兄弟，更有一种温暖的乡情，还有我在城市里得不到的真诚的快乐。

而最令人为之高兴的是远亲家里有一头老牛，这头老牛已经在他们家里生活许多年。老牛很有灵性，它能听懂我们的语言。每当我模仿牛的叫声唤它的时候，它就一定会自己走到我们身边，然后我们就一齐骑到它的身上，不用任何指挥，它就把我们带到田间，我们就在地里玩耍，它在一旁吃草，谁也不关心谁的事。

当然，也是在这头老牛太老了之后，它终于预感到一件事就要发生了，这时它也和所有的动物一样，开始和它的主人疏远了。每天每天，我们总是看到它的眼角挂着眼泪，也是那种无声的泪。而且，这头老牛最大的变化就是它不再理睬我们这些小兄弟了。有好几次我还像过去那样学牛的叫声，想把它唤过来，它明明是听到了我们唤它的声音，但它只是远远地抬起头来向我们看，然后理也不理地就低下头做自己的事了。

传统的民间习惯，总是把失去劳动力的老牛卖到“汤锅”里去。所谓的“汤锅”，就是屠宰场，也就是要把失去劳动力的老牛杀掉卖肉。这头老牛好像早就有了一种预感，每次回到家里，它总是用心地听着什么，而门外一有了什么动静，它就紧张地抬头张望，再也不似它年轻的时候，无论外面发生了什么事，它都理也不理地只管做着自己的事。然而，这一天终于到来了，只是听说“汤锅”的人来了，还没见到人影，就见那头老牛“哗哗”地流下了泪水。老牛的眼泪不像老猫的泪那样只有一滴，老牛的眼泪就像泉涌一样，没有多少时间，老牛就哭湿了脸颊，这时，它脸上的绒毛已经全部湿成了一缕一缕的毛辫，而且泪水还从脸上流下来，不多时就哭湿了身下的土地。老牛知道它的寿限到了，无怨无恨，它只是叫了一声，也许是向自己的主人告别吧。然后，它就被“汤锅”的人拉走了。只流下了最后的泪水，还在它原地站立的地方，成了一片泪湿的土地。

如果说猫的泪和牛的泪还是告别生命的泪，那么还有一种泪，则就是忍受生命的泪了。这种泪是骆驼的泪，也是我所见到的一种最沉重的泪。

那是在大西北生活的日子，一次我们要到远方去进行作业，全农场许多人一起出发，要穿越大戈壁，没有汽车，也没有道路，把我们送到那里去的只有几十峰骆驼。

脚下是无垠的黄沙，远处是一簇簇擎天直立的荒烟，“大漠孤烟直”，我第一次亲身感受到古人喟叹过的洪荒，我们的人生是如此的不幸，世道又是如此的艰难，坐在骆驼背上，我们的心情比骆驼的脚步还要沉重。也许是走得太累了，我们当中竟有人小声地唱了起来。是唱一支曲调极其简单的歌，没有激情，也没有悲伤，就是为了在这过于寂寞的戈壁滩上发出一点儿声音。果然，这声音带给了人们一点儿兴奋，这时，大家都有了一点儿精神，那一直在骆驼背上睡着的人们睁开了眼睛。但是，谁也不会相信，就是在我们一起开始向四周巡视的时候，我们却一起发现驮着我们前行的骆驼，也正被我们的歌声唤醒，它们没有四处张望，也没有嘶鸣，它们还是走着，走着，却又同时流下了泪水。

骆驼哭了，走了一天的路，没有吃一束草，没有喝一滴水，还在路上走着，不知要走到何时，也不知要走到何地，只是听到了骑在它背上的人在唱，它们竟一起哭了，没有委屈，没有怨恨，它们还是在走着，走着，然而却是含着泪水，走着，走着……

这是一种发自生命深处的泪，这是一种生命与生命相互珍爱的泪，是一种超出了一切世俗卑下情感的泪，这更是我们这个世界最高尚的泪。直到此时，我们才彻悟到泪水何以会在生命与生命之间相互沟通，人的泪和动物的泪，只要是真诚的泪，那就是生命共同的泪。

我看到过动物的泪，那是一种比金属还要沉重的泪，那更是使我们这个世界变得辉煌的泪；那是沉重的泪，更是来自生命深处的泪，那是我终身都不会忘记的泪啊！

走 路

年龄方在6岁的林黛玉，初进荣国府，轿子停下，抬轿的“小厮退出，众婆子上来打开轿帘，扶黛玉下轿。林黛玉扶着婆子的手，进了垂花厅。”小小的年纪，还是体弱多病，且又是于丧母之后，来外婆家寄养，若是换了那些平常百姓人家的娃儿，早就一步跳下轿来，哭着喊着地唤着“姥姥”，跑进房里去了。但这位小姐不是林黛玉吗，林黛玉自然有林黛玉的走法，她先要等婆子把轿帘打开，然后还要扶着婆子的手才肯走下轿来，再缓步走进垂花厅。

好大的派儿！

这“派儿”不是装出来的，更不是现趸现卖学来的，这“派儿”是人家林妹妹骨子里与生俱来的，是人家林妹妹从娘胎里带来的。婆子们不打开轿帘儿，人家林妹妹不肯下轿。走下轿来，不扶着婆子的手，人家林妹妹走不上步来。而且提醒众位注意，此时此际，人家林妹妹才只有6岁。

现在呢？现在，轿子没有了，打轿帘的婆子也没有了，现在是小汽车，开车的是司机，司机不侍候你，不给你开车门，给你开车门的是秘书，有时候是下属单位的负责干部，不三不四的还凑不上前儿。

不开车门儿不下车的有没有？我见过。走下车来，自然不会扶秘书的小手儿，健步如飞，“嗖嗖”地往前走。为什么走得这样快？年富力强，连走路的劲儿都没有了，下一届，别干了。

走路本来平常事，天下人哪个不会走路？但走路有时也很好看，大千世界，走路也是千姿百态，唯有闲人才能看出此中妙趣。和林妹妹恰恰相反，那个猛张飞于鞭打督邮的时候，就又是一种走法：“张飞大怒，睁圆环眼，咬碎钢牙，滚鞍下马，径入馆驿。把门人哪里阻挡得住，直奔后堂，见督邮正坐厅上，将县吏绑倒在地。飞大喝：‘害民贼，认得我么？’督邮未及开言，早被张习揪住头发，扯出馆驿，直到县前马桩上缚住，攀下柳条，去督邮两腿上着力鞭打，一连打折柳条十数枝。”鞭打督邮的全过程，粗略地作一个估计，最多也就是几分钟的时间。第一，张飞大怒之时，不是跨下马鞍，而是“滚鞍下马”的，这就省略了许多繁缛的礼节，而且还是“径入馆驿”。绝不似林妹妹那样，还要扶了婆子的手才能向前走。张飞一步蹿进馆驿，一把揪住督邮的头发，只一用力就把那督邮拉到当街来了，督邮还没闹明白是发生了什么事，张飞早折下柳条狠狠地打下来了。此类爆炸性事件，过程不能缓慢，慢了就没有激情了。

所以，走路，因人而异，因时而异。同一个血气方刚的林冲，“雪夜上梁山”，多喝了两盅酒，“提了枪，出门便走，一步高，一步低，踉踉跄跄，提脚不住”。你看他的走相是何等的可怜。就算是喝醉了酒吧，到底也是英雄一世，何况林教头还是个好酒量，怎么如今就“提不住脚”了呢？

心腻。

走路，千姿百态。健步如飞，大步流星，是一种走法；前呼后拥，一步三摇，踱方步，也是一种走法。步履维艰，如履薄冰，自然又是一种走法；新穿靴子高抬脚，穷人乍富，更有一种走法。还有一种走法：“常将冷眼看螃蟹，看你横行到几时？”（元·杨显之）类如“四人帮”，也很是走过几步的了。

走路也是一门学问、仪表教育，走路是一门课程。君不见当今许多美女，无论是走台步，还是在大街上散步，那走法都是很有讲究的。我们天津人粗俗，常常看着人家潇洒气不忿，就一旁喊叫：“瞧咱娘们儿这两步走！”自己走不出章法，还奚落人家走得好看，也是末庄遗风了。

阿Q是一个怎样的走法？鲁迅先生没有多费笔墨，阿Q老哥受了屈辱，心中想着“我总算被儿子打了”“也心满意足地得胜地走了”。而在他摸了小尼姑的头，还说了一句“和尚动得，我动不得”之后，那走路的神态竟然“飘飘然的似乎要飞去了”。再到宣统三年九月十四日“一条大乌篷船到了赵府上的河埠头”，革命了之后，阿Q唱着“我手执钢鞭将你打”，阿Q竟然从赵太爷的门前“昂了头直唱过去”了。

当过兵的朋友或许都遇过这样可笑的事，好好的一个乡下娃，在家里扛着锄头下地，走得也极自然，哼哼唧唧地还能唱两口小戏；只是一穿上军装，站进队伍里，老战士一喊“立正，向右看齐”，再一喊“向右转，齐步走”，他就走不上步来了。整整齐齐的队伍，“嚓嚓嚓”一个声儿，就听见总有一个“提拉提拉”和声音，大家迈左脚时他迈右脚，别人脚步落地的时候他才抬起腿来。不合拍。

最可笑的还是一出操，他必是迈左脚，扬左胳膊，再迈右脚，一定还要扬右胳膊了。气得老战士骂：“在家里你是这样个走法吗？”“俺不。”“怎么一到了部队，你连走路都不会了呢？”“在家里走路没有人喊号，你一喊号，俺就抬左脚，扬左胳膊了。”

别以为这只是笑话，谁都有抬左脚、扬左胳膊的时候。那一年我刚刚平反，回到编辑室工作，领导看我能干，有一次找我谈话，说是根据工作需要，准备提升我当副小组长。哎哟，一听说当官，立时我就觉着身子飘起来了。有人看见过的，说我从领导办公室走出来的时候，就是迈左脚，扬左胳膊，再迈右脚，我又扬右胳膊了。后来这个副小组长没有当成，我才又恢复了正常的走路姿态。天爷爷，这若是真当上大官，我可能就要蹦了。

你一定以为只我一个人是这样的吧？其实不然，多少年来，好好的拍肩膀的朋友，去北京开过一个什么会，是理事了，是常委了，再有的是副主席了。待他回来，走路的姿势就不一样了。先是脖子硬了，打不过弯儿来了，有人在后面唤他，听不见了。眼球儿也转不动了，坐在主席台上，双目平视，无论你怎么在台下向他挑眼神儿，他也看不见了。平时走路，神态也不一样了，双臂架开，虽然如今没有蟒袍好穿，但玉带还是要佩的；架着双臂，是防闲杂人等近身；没有衙役吆喝“回避”，自己给自己造个气场，要的是个分儿。再待到散会之后，你以为早早地跑出来就能迎到他的，没想到人家早由人引着，从便门走出会场，那汽车早在大门外等着人家了，连阳光都晒不到头上，就钻进汽车里面去了。混得不错，又有了晋升的机会，官越做越大，每天只在地毯上走路，脚板落不着硬地面，走路的姿势也就更好看了。

走路，最好看，莫过于舞台步，俗称是“踩家伙点儿”，也就是踩锣鼓点。此中有急急令、快如风，四方步，亮靴子底儿，一招一式，那是都有讲究的。生旦净末丑、神仙老虎狗，直到兔子王八贼，一板一眼，都不能有一点儿差错，错了板眼，就有人敢给你飞茶壶。时代进步，又有摇滚音乐，时装表演，模特们要走猫步，这又是一种新的舞台步了。再进而霹雳舞，表演者满台打滚儿，那就不是走路，而是翻跟头了。

古往今来，如果对走路也能分出等级，或许也可分为神品、妙品、仙品、珍品、艳品、清品、逸品和俗品八个等级。

神品：自然唯有女性的走路才有神品一说："花明月暗笼轻雾，今宵好向郎边去：衩袜步香阶，手提金缕鞋。"李煜的词，写下了人间的神品步态，手提金缕鞋，夜间的水露打湿了衩袜，那走路的神态已是着人神迷了，再逢今宵"花明月暗"，此时此际，谁说人间不如仙境？

妙品："彩云何在？月明如水浸楼台。僧居禅室，鸦噪庭槐，风弄竹声则道是金珮响，月移花影疑是玉人来。"《西厢记》中崔莺莺夜半私会张君瑞，当是人间女性步履的妙品。不光是一种神态，更蕴涵着无限的情爱，不是女儿在走路，而是"月移花影"玉人来，女性美升华到了极致的境界，妙哉，妙矣，倘有人肯如此为老哥我走一遭，此生别无所求矣。

仙品：《红楼梦》第五回：《游幻境指迷十二钗　饮仙醪曲演红楼梦》那时间宝玉睡在秦可卿的房里，惚惚之间，"早见那边走出一个人来"，此人的走法，才堪称是仙品了呢。

方离柳坞，乍出花房。但行处，鸟惊庭树；将到时，影度回廊。仙袂乍飘兮，闻麝兰之馥郁；荷衣欲动兮，听环佩之铿锵。靥笑春桃兮，去堆翠髻；唇绽樱颗兮，榴齿含香。纤腰之楚楚兮，回风舞雪；珠翠之辉辉兮，满额鹅黄。出没花间兮，宜嗔宜喜；徘徊池上兮，若飞若扬。蛾眉颦笑兮，将言而未语；莲步乍移兮，待止而欲行。……奇矣哉，生于孰地，来自何方；信矣乎，瑶池不二，紫府无双。果何人哉？如斯之美也！

这可能是中国文学作品中描写走路最精美的一段文字了，足可以和荷马史诗描写美女海伦登楼的那一段文字媲美。这里，不仅是这位仙女走出了仙品的神态，最重要的是富贵闲人宝玉小哥品出了仙品的神韵。不如此，何以宝玉小哥“梦中听见说秦氏死了，连忙翻身爬起来，只觉心中似戳了一刀的不忍，哇的一声直喷出一口血来”了呢？秦可卿，仙人也，连她的走路也是仙品了。

珍品：美女貂蝉为诛逆贼董卓献身，爱国人士王允将董卓请到家里，唤出貂蝉，“红牙催拍燕飞忙，一片行云到画堂”。那貂蝉“一片行云”的走法，堪称是珍品了。读《三国演义》，每至此处便想入非非，总似看到一个美人缈缈移步，行云一般飘进画堂，此情此景，莫说是贪色之徒的贼董卓，就是坐怀不乱的老哥我只怕也要难过美人关了。再看到戏曲《小宴》，貂蝉诱惑吕布，那行云流水的台步才真是动人了呢。貂蝉的步态虽美，但只为救国献身作秀。平日在王允家里，人家是走婢女步儿的，如是，王允才能养婢多年而不染，真君子也。

艳品：杨玉环“春寒赐浴华清池，温泉水滑洗凝脂，侍儿扶起娇无力，始是新承恩泽时。云鬓花颜金步摇，芙蓉帐暖度春宵，春宵苦短日高起，从此君王不早朝”。这杨玉环“金步摇”的走路，才是人间的艳品了。只是这艳品的走路几乎亡了大唐的天下，为君者当引以为戒。

清品：如林黛玉下轿时的走路姿态，此处不再赘述。

逸品：当今街头，时髦女子轻盈步态，一步一窜，匆匆忙忙，掠过身边留下一股法国香水浓艳香味，令人神魂颠倒。直到又一股日本香皂香气袭来，你才清醒，发现又一位美人儿向你走过来了。

俗品：一首民歌唱过：“干妹妹好来实在是好，走进来好像水上漂。”当今歌女，上得台来，一阵水上漂走法，着实令人作呕。只是偏偏有人爱看，而且藏在金屋，时时唤出走动。也为人间一大乐事。

走路有了这八个品位，应该说已经对走路一事做了高度概括，但走路还曾经有过政治化的往昔，且许多人因不知走路而断送了大好仕途。譬如1955年农业合作化高潮时期，就有几个小脚女人被人从背后击一猛掌才醒悟到“鸡毛是可以飞上天”的。再到了1958年，倡言两条腿走路，于是才有了土法炼钢的小高炉，也才有了“人有多大胆，地有多高产”的万斤样板田。只是这政治化的走路，只有结果，没有过程，那一种可爱可憎的走路模样，我等草民，是不得赏析的。

政治化的走路，直到浩劫时期，才给了我等一个亲自参与的机会。不是走官场的方步，是走反面教员步儿，牛鬼蛇神拉出来游街，那走路的步态才是人间的一道亮丽风景线了。

牛鬼蛇神游街，前面有人打家伙点，也是一面破锣，配上一面破鼓，打的不是秧歌点儿，是跳无常的鬼点儿。“咚咚——嚓”“咚咚——嚓”。

那一天晚上，我又被拉出去游街，走在我前面的是一个老人，头上顶着地主分子的高帽子，年纪已经在70岁以上了。我走在他的后面，就看见他时不时地换一下脚步，没有走出多远，他又踢嚓一下换一下脚步。当时我就想，游街你就老老实实地跟着走是了，干吗还要扭出身段来。游过了一段路程，最后革命群众把牛鬼蛇神带回牛棚，未及解散之前，革命群众训话，指定每个牛鬼蛇神谈出对此次游街的感想。轮到那个老地主说话的时候，他胆怯地想了好久，最后才对革命群众说道：“俺别的感想是没有呀，就是爷几个打的这个家伙点，我踩不上来呀！”

扑哧一下，革命群众和牛鬼蛇神一起都笑了。两个根本对立的阶级，有时候也会在政治上找到相同的乐趣，世界大同，指日可待也。

观宅杂语

明末清初学人周亮工，著有《书影》一书，其中第一篇卷首，记述了这位周亮工先生的先父大人所著的《观宅四十吉祥相》的一些内容，尽管以今人的眼光审视，那位老大人的立论未必都十分正确，但是作为一种历史观照，在我们今日倡导建立文化家庭和重视家庭文化的活动中也许还有点启发。

周老先生的《观宅四十吉祥相》中是有许多封建糟粕成分的，但取其精华，去其糟粕，只要其中有一点有价值的东西，我们总是要认真继承的。何况当今之时，许多家庭文化素质不高，甚至还有的文化品位极低，更有甚者，还有许许多多的非文化家庭，这样，我们就更有重建家庭文化的必要了。

“但观架上，便知腹中”

那位周老大人于《观宅四十吉祥相》一文中，首先列入的第一条，便是“架上无整齐书”，周先生在这一条下面注了一行小字："本本精良，一一完善，手且未触，目于何有？但观架上，便知腹中。"极其形象地描绘了那些架上有整齐书人家的精神状况。

的的确确，家庭藏书是一个家庭文化品位的重要标志，正如当今家庭装修和家用电器是一个家庭经济品位的标志一样。小康水平，冰箱、彩电；富裕家庭，装上空调；大款大腕，还有私人汽车。天上有天，山外有山，在享乐的攀比上也是没有止境的。走进暴发户人家的住房，最高等级，会让你无论看见什么东西都叫不出名来，清一色超前消费。

但是，这户人家的藏书呢？借用一句时髦语言——不好意思，实在是令人为主家汗颜了。摆阔的主人可以向你们展示几十套名牌西装和几十双高级意大利皮鞋，但若请主人拿一本书出来，对不起，那就只有他儿子读书上学的课本了。周亮工先生说"但观架上，便知腹中"，如今已是连架都找不到了，那腹中也就不言而喻了。

当然，也不是所有的家庭都没有书，洒洒脱脱，洋洋大观地摆满一书架巨著的人家也为数不少，一看那些书脊，又不好意思了，不伦不类，从《大不列颠百科全书》到武侠言情，再有的，棒针毛衣编织法，食谱烹调，五花八门，也堪称是气象万千。只是，这一切原来都只是摆设，而且是做来唬人的，又是只能唬文化素质较低的人的。外行人一看，会惊呼书真不少，但内中人一看，便知道倘这些书你真的全读过，你腹中便一定是一塌糊涂了。

当今的信息时代，知识还不完全在书架上，大量的报纸杂志会给人们带来更多的知识和更高的文化享受，订报，买杂志，也标志着一个家庭的文化品位。那些地摊刊物和以宣扬影视明星为内容的小报，对一个有文化的家庭说来只能是一种有害的污染。

此外，还有音带、像带、卡拉OK。但观架上的时代，已是进化到只听音响的时代了，卡拉OK是一种时尚娱乐，但一家老小轮流地手持麦克风大唱港台歌曲，大概也未必就是一种乐事吧。

所以，一个家庭要有一个书架，要有一些高品位的藏书，而且不是作为一种室内装修，要读一遍，有时还可以多读几遍，订几份报刊，未必是多大的开销，但却会给家庭带来无限的乐趣。常听人说，家里的孩子读书很知努力，但就是成绩不理想，究其原因就是这些孩子缺少一个高雅的文化氛围，光背熟了书本上的知识，可以成为一名好学生，但要在众多的好学生当中出类拔萃，那就必须让孩子摄取大量的知识和信息，家庭的文化品位，关系着下一代的未来，万万不可等闲视之。

喝酒与打牌

即使是圣贤之家，日常生活也少不了酒与游戏，曲府的孔庙是世人祭祀先师孔子的地方，孔府就是孔子家人世代居住的宅院了。孔子后裔，诗书传家，但吃饭摆宴，也要有酒有菜。如此，近日才有孔府家酒问世，据行家说味道不错，可见圣人爱喝的酒就是要味道醇正。

喝酒不是恶习，近见报端有宣传少量饮酒有益健康的文章，可见喝酒与家庭文化品位无碍。但是对于喝酒，周老先生也有训导："不解外令，不为酒纠。"周亮工的注解则是："士人相聚，颇有可谈，何致效青布商贾，吩咐盈坐？宁受百罚，无论恶趣。余眼见以此生嫌疑者不少。"这里，在家里喝酒，不被视为是过错，只是有两个限定，一是不划拳，二是不撒酒疯打架，也就是要文明喝酒，喝文明酒。须知，酒虽是喝到自己肚里去的，但在某种程度上，酒是喝给别人看的。

只是，周亮工先生毕竟是生在300年前的。生活变化，时代进步，如今的喝酒除了猜拳和发生"酒纠"之外，还有一宗更大的隐患那就是劝酒，这劝酒可就和往昔的敬酒不一样了。周亮工在世时，倘他赴过酒宴，酒席摆好，主宾相互举杯，多不过也就是你请我请罢了，若是他老哥活到今日，只消迎头来个"一口闷"，一下子就把他老哥撂倒了，你说是不是？

关于劝酒的不可为，许多报刊都有文章说了许多道理，周亮工先生“余眼见以此生嫌疑者不少”。而对于劝酒，余所见以此溜桌子成烂泥胡言乱语者也更为不少。

尤其是在家中饮酒，更要不失君子风范，须知你在餐桌上与朋友吆五喝六地劝酒猜拳，就在不远处，你的孩子一双大眼睛已在盯着你的丑态呢，平日教训孩子的种种冠冕堂皇的言语，你这一时放荡，全都泡汤了。孩子心想，原来我爹喝多了酒就是这副模样的呀！

至于打牌，周老先生绝对不允许，他于《观宅四十吉祥相》中只用了六个字“纸牌不入手中”，禁牌没商量，绝无例外。

于此，周老先生的注释是：“即令此中有千变万化，神妙不测，然一思手持者何物，岂不愧杀？”据说，打牌极有趣，周亮工的时代是纸牌，如今是麻将。然而，即使这麻将牌再千变万化，奇妙莫测，家庭绝不是摆牌桌的地方。笔者幼时，正是人们玩麻将牌的时候，即便平时不玩，家中遇有喜庆寿日，亲朋们聚在一起也要凑手打几桌。但先祖父大人执拗，他立的规矩，无论什么喜庆节日，家里绝对不许摆牌桌，而且家中不备赌具，无论麻将、牌九、骰子，一概不许留在家中。说来也许有点固执，但先祖父大人有一种观点，他说，玩牌没有不吵架的，至轻也会彼此赌气，“万恶赌为先”。

“口中无刻薄尖酸议论”

关上房门说私房话，历来被人们视为是一种不受法律干涉的权利，三二知己，或者是一户几口，聚在一起发泄一下平日积在心间的郁闷，以至于背后议论些他人的不是，此中即使说些刻薄尖酸的语言，只要不传出去，终究算不得是什么过错。

但是，周老先生对此不以为然，他将“口中无刻薄尖酸议论”视为是家庭吉祥的象征。而一个有文化的家庭，不仅是家庭成员之间能和睦相处，同时他们和社会也是极少有什么摩擦的。那些气势汹汹回到家来，未及更衣便破口大骂谁人是狼，谁人是魔的人，常常才正是显露了他个人心态的失衡。

周亮工先生于此更有引申说：“先辈云，一言而伤天地之和，一言而折终身之福，切须念之。”刻薄尖酸，一不是文化，二不是幽默，三不是修养，周亮工所说的天地之和，指的当是个人的心境谐调。爱骂人的人，首先是自己伤气，然后便是心理错位，这时以刻薄尖酸议论作为一种补偿，那才是越补越伤，由之也就越补越亏了。人生在世，贵在心平气和，如笔者本人，一不知生气，二不会骂娘，明白人说我是难得糊涂，其实我自知这是难得明白。周亮工所说“一言而折终身之福”，这倒不是指我们原来“以阶级斗争为纲”年代的祸从口出，这原是指人的由自我膨胀到自我爆炸。

那么，即使是关上房门，那些刻薄尖酸议论也是有百害而无一利的，首先这在家人面前自己撕下了道貌岸然的假面具，在子女的面前，更是暴露了自己的虚伪；那些在父母刻薄尖酸议论中成长起来的孩子，大多都缺乏自信和自尊。因为父母亲的刻薄尖酸议论，从幼时就伤害了儿童的心灵，长久受伪善和仇恨的熏陶，一个人不可能有健康的心态。

周亮工引述他的先父大人《观宅四十吉祥相》，共有四十条内容，于此自然不能一一赘述。过去我们将许多民族优秀的传统文化视为是封建糟粕，其实，如前所述观宅吉祥的几个要点，对我们今天的家庭文化建设依然有继承借鉴的价值。家庭是社会的细胞，提高家庭的文化品位，是促进社会繁荣的重要因素，万万不可等闲视之！

粥之趣

上　篇

上了几岁年纪，委实不敢称老，体格还健壮，精神尚振奋，工作、学习也还刻苦；只是悄悄地于不知不觉之间生活习惯发生了一些变化，及至新的生活方式定型，我才终于相信岁月真是不饶人啊！

不过就是在三年之前，晚餐，对于我来讲还是那么重要的一桩大事，劳累一天，结束工作，立即匆匆赶到市场、商店，采买一通之后，回到家来挽起衣袖亲自下厨，或煎或炒，或烤或烧，一餐丰盛的晚饭，几样可口的美味莱肴，一家人围坐一起，不需敬让，便狼吞虎咽起来，直吃到杯盘狼藉、盆干碗净，大家再抬起头来，七言八语评说莱品味道，其乐陶陶。

几乎已经无法回忆是从什么时候开始，晚饭的餐桌上多了一个粥盆，最先是因为大嚼鱼肉之后，再上一道油汪汪的肥汤，胃口有些吃不消，于是便于最后喝一小碗粥，果然惬意。渐渐地，粥盆越来越大，桌上的菜肴越来越少，不是因为经济拮据，而是那一盘盘昔日充满诱惑的菜肴，渐渐地失去了光泽。由此，晚餐的粥才愈显得醇香可口。直到如今，每到黄昏便习惯地煮上一小锅粥，晚饭的餐桌上也只剩下了一小盘酱瓜，这时喝粥，已是其乐无穷了。

粥之乐，不在于粥的味道，而在于煮粥的技巧。当年只知大口吃肉的时候，那时将煮粥不看作是一回事，一把米，半锅水，有时索性放在高压锅里，定好时间。煮好之后，喝上半碗，不过是冲冲油腻罢了。如今的粥既成了主食又是大菜，色香味三者皆在一碗粥中，为了区别于只以薄粥度日的苦行僧，于是便在煮粥上下了许多功夫，如此才真悟出了许多道理，找出了不少诀窍，粥煮得越来越香，日月也过得越来越有味道。

喝粥的日子，必是最清静的日子，没有客人，大多时连孩子都不在家，桌上一盆粥、一盘酱瓜，暗喻今日晚餐的餐桌上没有客套，没有你敬我让，也没有说东道西，更没有什么小道消息，人世恩怨是非。一个人慢慢地品着粥的醇香，非到寂寞难挨之时，决不去尝一点儿酱瓜，安安静静，悠悠闲闲，忽而想想刚刚结束的今日工作中有哪些地方尚要斟酌，忽而想想待查的典故该去哪里找些资料，想着想着，心中或许会闪出一道光明，这时才更感到安安静静地在家吃粥该是多么得意。

喝粥的时候，也是心情最平静的时候，端起粥碗，想想今晚免去了许许多多从采买到操作的辛劳，也应该是备感今是而昨非了。老实讲，往昔操办一天的晚饭，真不知要付出多少精力，花钱事小，伤神事大。为了寻访一种什么稀罕配料，常常要东奔西走，及至采买回来之后，肉太肥了，鱼不鲜了，菜烂了，蛋臭了，斤两不足了，价钱不公了，真是无尽的烦恼，又是上不完的当，骂不尽的娘。自己生气事小，伤害他人事大，话说得过了头，还有损自家威严，那时不是曾经诅咒过“什么时候不吃饭，便再不受这份孙子气”了吗？这许多年一直未能解脱，如今好了，无欲则刚，无求于人，真有一种早能如此何必当初的喟叹。我想，粥的延年益寿，其营养价值未必很高，但它对人类无形的贡献才真是无法估量的呀！

而且，喝粥时的人际关系是人世间最和谐的美好时刻，无怨无猜无妒，从头到尾心平气和。昔日晚宴丰盛，即使只有夫妻儿子三个人，一盘肉摆上来，敬让中也要观察是谁将最嫩最瘦最香的地方先夹走了；一条鱼摆上来，也仍然是彼此观察是谁先吃头，又是谁先吃尾；及至有了儿媳妇，气氛变得更加紧张，彼此敬让，谁也不先下筷子，说明戒备着对方的猜疑。这一餐饭吃得极有礼貌，但吃得非常紧张劳累，吃了多年的美味佳肴居然百病缠身，其中或许便有这等微妙的原因。而粥之乐，很可能就在这“无争无妒”四字之中，尽管它一不补气，二不壮体，但它可以使人入静，如此，粥之德，大矣。

下 篇

知稼穑，种五谷，仅仅是生产劳动的一个方面，而如何合理享用自己的劳动收获，还需要人们发挥自己的智慧与才干。据古书记载，黄帝始烹谷为粥。不是煮谷，而是烹谷。这煮粥原也是一种艺术，绝不是如胡博士所说的那样，随便是什么阿猫阿狗所能想得出来的主意。黄帝所以开创了烹谷为粥的技艺，那主要还是他总结了万千民众的操作经验，从而才找到了一种消费自己劳动果实的最佳方案。由此，粥作为中国人的主要食物，几千年至今不变，所以煮一次粥、吃一次粥，其实也是在进行一次考古寻踪，现实与远古，就在这一碗粥里和谐地融和在一起了，这于世界上也属罕见。

不过，古时的粥却比我们今人的粥身价要高，黄帝始烹谷为粥时，周谓之“饘”，宋卫谓之“衍”。据《礼记》载，饘粥之食，厚曰饘，稀曰粥。以现代科学用语，指的是米与水的比例，或者称之为一个计量单位的含米量。宋人梅尧臣有诗，“愁气变久雨，铛罐空无粥”，那是指连一碗薄粥也没有了。“饘”与“衍”同，全指的是厚粥。粥作为贡品敬奉神灵的时候，便多要用这个“衍”字了。荀子的《礼论》说：“刍豢、稻粱、酒酸、衍鬻……是吉凶忧愉之情发于食饮者也。”在中国，不光是世上的人爱吃粥，连天上的神都是要喝粥的。

所以，中国的粥才是越煮越精巧。几千年来，中国人煮出了多少种粥？恐怕连饮食专家也未必能说清楚。唐人白居易有诗“留饧和冷粥”。这种“饧粥”便是一种颇为讲究的甜粥。史籍记载：“擣杏人为酪，共大麦。”即是饧粥。隋人杜台卿记载：“火粳米或大麦作之酪，擣杏子人煮为粥。”想来味道必是可口。由是才有苏东坡诗句：“新火发茶乳，温风散粥饧。”这饧粥已不是当初黄帝烹的粥了。

和世上其他的事物一样，粥，作为一种饮食模式在得到社会认可之后，便又开始了一个不断创新、不断探索的过程。由于人们的饮食要求不同。也由于人们的贫富状况不同，于是粥也开始了自身的分化，逐渐演进为不同档次、不同品位和不同类型的粥。据《清稗类钞》记载：“粥有普通、特殊之别。普通之粥，为南人之所常食者，曰粳米粥，曰糯米粥，曰大麦粥，曰绿豆粥，曰红枣粥。为北人所常食者，曰小米粥。其特殊者，或以燕窝入之，或以鸡屑入之，或以鸭片入之，或以鱼块入之，或以牛肉入之，或以火腿入之。”就其万变不离其宗而论，此亦所谓万变不离其粥；然而就其品位而论，这粥与粥之间是不可同日而语了。到底哪一种粥是正宗？或者应称为是本格粥，其他的粥全是本格粥的变种；或者是异化，是粥在贫富悬殊社会环境中的异化，应称之为是异化粥；再或者，将一切异化粥均定为是非我粥类，必须使其复归本位，看来实在也没有这个必要。粥的存在即是粥的现实，穷时吃穷粥，富起来再吃富粥，倘若人富起来之后，不能有富粥供其享用，只怕人们便会淘汰粥，而创造新的食品去了。

广东人煮的粥品种多，味道好，既有继承，又有创新，而且无论富粥、贫粥都煮得认真，煮得精巧，普普通通一碗粗米粥，没有什么燕窝鸡丝，但因其精良的技艺，仍使人感到受到社会的尊重，此中似是也体现了广东人的性格和品德修养。人世间本来是个大社会，大社会就要有大社会的风范，以一碗粥界定是非，未免太小家子气了。

走南闯北，也称得上遍尝天下美粥，但平心而论，中国最香的粥，还是北方农村大娘在灶膛用一口大铁锅煮的小米粥。早在天明之前，踢嗒踢嗒拉风箱声音便响起来，随之一股烧柴火的青烟涌进屋来，继而蒸汽、粥香、铁勺子在大锅里搅动粥的音响，这一切一切都带给你一种我们民族固有的善良与温暖。待到香喷喷热粥盛在黑釉子粗瓷大碗里，大碗托在手心上，准备下地的汉子们在灶膛旁边蹲着，长长地吸一口气，托在手心上的大海碗碗沿儿挨着嘴唇转一个大圈儿，那刚刚煮熟的小米粥才真是醇香可口呀！

诠注《猫苑》

《猫苑》一书，清道光年间，永嘉人黄汉著，因无教育意义，解放后一直没有重印。

《猫苑》一书，头绪纷繁，次序紊乱，为诠注方便，先从猫的来历开始着笔，此可视若"猫史"。

开宗明义，《猫苑》解猫："鼠害苗，而猫捕之，故字从苗。"可见中国人在创造象形文字时，先为"猫"字选用了一个象征动物的字旁，侧旁的谐音，就从"苗"了，其用意，在于强调猫的捕鼠护苗。而且，猫的捕鼠，更是一种天经地义的事，庄子云："使鸡司晨，令狸执鼠，皆用其能。"

中国人引以为是第一经的《诗经》，有过"有猫有虎"的诗句，可见中国人将野有虎和家有猫看得一样重要。古人云："鼠为家鹿，猫为家虎"，猫的凶猛，已经被人视之如虎了。

进而，《猫苑》中又记载："猫，乃小兽之猛者，初中国无之，释氏因鼠啮佛经，唐三藏禅师从天竺国携归，不受中国之气。”当然，这只是一种传说罢了。其用意在于提高猫的身价，使其由护苗、进而护经，如此也就责任重大了。

但是，从性格上考察，猫有三大缺点，一是嘴馋，二是慵懒，第三，就是猫喜媚人。

猫的嘴馋，为人所共知，由此才形成了一个全世界各种语言所共有的词汇——馋猫。而因为嘴馋，猫就必须媚人，否则只依靠自己的捕获，它不可能得到比老鼠肉更好吃的食物；而一旦猫以媚人的手段得到了比老鼠肉更可口的食物之后，它自然就变得越来越慵懒了。《猫苑》中引诗云：“古人养客乏车鱼，今尔何功客不如？食有溪鱼眠有毯，忍教鼠啮案头书。”此诗出于一位无名诗人之手，出语含蓄，但对于猫的“食有鱼、眠有毯”，已是略有微词了。明代的刘伯温对于猫的嘴馋慵懒就不客气了，他也写了一首诗：“碧眼乌圆食有鱼，仰看蝴蝶坐阶除；春风荡漾吹花影，一任人间鼠化如。”这里的“如”字，如今已是不多见了，《辞海》解：“小鸟名。《礼记·月令》‘季春之月，田鼠化为如’。”由此可以看出，猫由于得到了人们的宠爱，它已经早就被改变了本性，而任由老鼠变成飞鸟了。

猫性温驯，形象可爱，《猫苑》中说“猫解媚人，故好之者多。”“猫虽不列于六畜，然性驯良者，能解人意，所以得人爱护者。”猫有灵性，知道怎样讨人喜爱，再加上人的调教，猫已经是一代比一代更会“媚人”了。

古往今来，贵人好猫者极多，据史书记载，杨贵妃好猫，一天，她立在唐明皇的身边看唐明皇与人下棋，唐明皇的棋势不好，杨贵妃立马就把自己怀里抱着的一只波斯猫扔在了棋盘上，这一下猫把棋盘踏翻了，皇帝老子也就不认账了。而且唐朝宫里养猫，每只猫还各有各的官名，按时有各自的俸禄，名贵的猫，在宫里称为“老爷”。

到了明代的万历年间，皇帝老子爱猫，《猫苑》中记载：“明熹宗好猫，猫儿房所饲，十五成群，牡者人称某小厮，牝者人称某丫头，或加职衔，称某老爷，比中官例关赏。”所谓“关赏”就是工资，想来“老爷”辈们的工资，一定也是相当可观的了。

由此，猫的悲剧开始了，这种悲剧就是猫性的蜕化，猫由扑鼠而食鱼，再因食鱼而卧毯，进而“仰看蝴蝶”，与春风花影共成一景，于是老鼠也就变成飞鸟，而优哉游哉了。

看一看猫的蜕化过程，也够得上是触目惊心的了：

中国的唐代，发生了猫鼠同眠的严重事件，《新唐书五行志》记载：“龙朔元年十一月，洛州猫鼠同处，鼠隐伏，象盗窃；猫职捕啮，而反与鼠同，象司盗者废职容奸。”欧阳修修《新唐书》，于浩瀚的历史事件之中，竟然一定要记载下这件小事，可见欧阳修一定是从中悟到了一点儿什么“内涵”。他于记载这件小事之后，感叹了一句“象司盗者废职容奸”，可见“猫鼠同眠”现象，是有着重要社会意义的。

猫鼠同眠之后，《猫苑》记载：“里有得猫于都会者，体伟而毛泽，颈系铃，尾拖采，步武从容，见者咸悦之，以为必善捕鼠也，故食鲜眠暖，优以待之，且呼之为宝猫。讵养数月，鼠患依然。又数月，则愈炽焉，始则以其慵于捕，徐察之，竟无能捕。”“主人为之谓然长叹，乃戏系大鼠十余只，掷其卧窝，宝猫见之，大惊而逸。”到了此时，“宝猫”者辈，不仅是不知捕鼠，而且它等已经是见鼠而“大惊而逸”了。

《猫苑》中记载猫“史”的文字也就是这几处了，近来民家发生的一些趣事，倒更对《猫苑》做了补充：

其一是老鼠把猫吓死了，其二是猫开始在老鼠身上“找乐儿”了，文字不多，摘录于此，或有裨益：

2017年2月3日，天津的《今晚报》上刊发了一条社会新闻，这则消息写道，“一位姓藏的女士，在收拾床底杂物时，有一只老鼠蹿出，藏女士与其母亲、哥哥三个人便追打起来。老鼠又凶又贼，用手抓怕咬手，用棍棒打不着。藏母忽然想起另外一间房里有一只从同事家借来的猫。藏女士跑过去将那只熟睡的猫抱了来，并顺手扔在有老鼠的墙角里。猫本来刚从梦中醒来，又突见一只硕鼠恶狠狠向它袭来，只听‘嗷’的一声惨叫，瘫软在地上。开始全家人以为这只猫在玩什么新‘绝招’，静等猫捕老鼠那惊险一幕出现。然而两分钟过去，猫还是纹丝不动，而老鼠却在猫身上和地上跳来跳去。藏女士全家人才意识到猫被老鼠吓死过去了，赶紧抱起来拍打脸颊，按摩心肺，掐按‘人中’，猫终于又睁开了眼睛。经过几天喂养照顾，待猫恢复正常后，藏家赶紧将这只猫还给同事。那只老鼠还是死于藏家的木棍下。”

另外一则“猫玩老鼠”的消息说：“不久前的一个夜晚，本市河西区中山小学五年级学生康某与父亲到体院北某渔具店看渔具，他忽然发现一只白猫从店外叼回一只活鼠放在地上，老鼠刚一跑，猫用左爪捕住，然后轻轻一拨，又用右爪按住了。猫又抬爪故意把老鼠放跑，约跑出50米，猫又蹿过去把老鼠按住。后来鼠趁猫不注意，挣脱着跃到一把椅子的横木上。猫凑过去，用鼻子顶住老鼠鼻子，并伸出舌头舔鼠头。约玩耍了20分钟，老鼠蹿入杂物中。”如是，一场猫玩老鼠的游戏方告结束。

从出现“猫鼠同眠”的事件，到老鼠吓死猫，进而又发展到猫玩老鼠的地步，前后也就是才1000年的时间，再过1000年，猫会蜕化到何等地步？那真是只有天知道了。

诠注《猫苑》，以小见大。以史为鉴，历来是中国人的美德，只是猫“史”不知有可鉴之处否？诸君明鉴，无须赘述了。

晚饭喝粥

我的不愿意出门，其中的一个原因就是到了外边晚饭喝不上粥。

我没有做过认真的调查，不知道在全中国，每天晚上喝粥的人有多少，占多大的比例；但在我的朋友当中，晚饭喝粥的人还为数不少。据我的观察，年龄在60岁以上的人，晚上的食欲都不太强，如果白天吃过了一餐鱼肉，到了晚上，他们中的大多数人，是再也不想吃荤了，能喝上一碗热粥，被视为是一大享受，那是比吃任何山珍海馐还要舒服的呢。

说起来，也是我们这些人没有这份造化了。一次在外地开会，主人盛情接待，每天都是早晚两次大宴。一开始大家暗自高兴，嘴里虽然也说不必如此破费，但是一吃起来，那就狼吞虎咽了。可是3天之后；人们渐渐地吃不下去了，午餐时还有胃口，因为上午要跑好多地方去参观，回来时大多很晚，肚子也就饿了，走进餐厅，那才是越吃越香。但是午饭后小睡一会儿，到了下午3点才开始活动，再到晚上6点开饭，人们什么也吃不下了，这时就是连年轻人，也说只想喝一碗粥。

当然，主人是不会让你喝粥的，又是酒、又是大菜，吃不下也要陪着，这样到最后许多东西就剩下了，人们无不唏嘘真是暴殄天物。

而且我的晚饭喝粥，还绝不是因为午饭吃得太饱的缘故，就是以我家的饮食习惯，一般午饭也就是两个小菜而已，还有时为了什么原因午饭只吃一碗方便面条，譬如开会回家晚了，或者是停水、停电、停气种种“难以避免的干扰”老两口只能守着粮食挨饿，于是便以保温瓶里的热水泡方便面充饥。即使如此，就是晚上来了水电气，我也没有补充营养的欲望了，这时仍然是想喝粥，吃什么厚味的东西，也觉得是不消化了。

晚饭喝粥，是农村人的生活习惯，早晨下地，天不亮家里的大灶就开始冒烟煮饭，无论是下地的，还是上学的，都要饱饱地吃上一顿饭，然后各奔“前程”，一忙就是一天。中午好歹在地里再啃上两个馍，晚上回家煮上一锅粥，大家喝粥之后也就早早地睡觉了。那时候孩子也不写作业，人们也不看电视，点油灯的时候省油，通电之后也是隔三差五地停电，早早入睡，也不再需要热量，喝上一大碗粥，也就足够了。

天津人起床晚，早晨七八点，街上冷冷清清，商店最早要到9点开门，所以天津人管早饭叫早点，也有人叫“点心”，随便吃上几口，也就是了。午饭虽然也是饭呀菜地吃着，可是晚饭却一定要丰盛，商业人口的生活习惯，晚上打烊之后，一定要酒呀肉呀地吃上一大顿，因为晚饭之后，他们还要去看戏、打牌，那是很要消耗些热量的。天津人光吃晚饭还不够，到了后半夜，还有卖夜宵的走街串巷地叫卖；什么馄饨、煎包儿呀，过夜生活的人，还要再吃一顿，如此，他们再一起要到后半夜3点才肯入睡。

刚落实政策时，我和曲艺界的几位演员住在一处地方。我的后窗正对着一位很有点名气的相声演员，他的生活习惯就和普通人大不一样，他起床更晚，一直要到10点，才看见他站在阳台上漱口。这样，他就要到下午3点才吃午饭。晚上，他家里一直黑着灯，自然是演出去了。等到他家的电灯亮起来的时候，已经是入夜11点了，这时候才见他老伴儿给他烧菜，吃呀喝的，我都睡醒一大觉了，再看他家的窗子，还灯火辉煌着呢。

所以，中国读书人的晚上喝粥，说明中国读书人本质上还是一个农村人口，中国读书人重农思想极重，更是轻视商业行为。中国读书人以归田扶犁为荣，以“稻花香里说丰年”为乐，于是中国读书人顽固地承继着农村人口的生活习惯。不仅如此，中国读书人更和农村人口保有着共同的文化心理和文化背景。

于是我想，如果中国读书人不是和农村人口有着共同的文化心理和文化背景，那么一部中国历史，或者说是一部中国文学史，也许就不会是现在的这个样子了，那老祖宗们一定会给我们留下许多歌颂蹦迪，歌颂桑拿的不朽诗篇了。历史转型期，人们的意识在发生着巨大的变化，人们的生活习惯也在发生着重大的变化，但中国人的文化传统，至少在一些文化人的身上是不会发生大变化的。晚饭喝粥，清心寡欲，使人能于晚饭后还想着读书写作；晚饭丰盛，吃过之后，常常就在房里坐不住了，如是，人们自然就要出去蹦迪；再有钱，就难免要找地方销魂去了。

所以文化人还是要远离市声为好，和大款、大腕们整天地傍着，只能使人浮躁，而浮躁是不可能写出好作品来的。以我个人的经验谈，晚饭喝粥，我写的文章就有灵气，晚饭丰盛，我写的文章就缺少真诚，就是有时候故意玩点深沉，也是玩得不像，明眼人一看就看出来了，这是脂肪过盛时写出来的文章，油腻太重了。

不相信，你可以观察，晚饭喝粥的人，总是在饭后回房读书写作；而晚饭丰盛之后，就没有人回房读书写作，那时大多数人就全都跑得没有影儿了。

我因晚饭无粥，而不远行，于此虽然说不上是什么美德，但却是一个好习惯，至少说明我还活得清静。

学 箫

少年时淘气，自以为最为开心得意的有两件事：一是将同性的男伙伴们吓得嗷嗷叫；第二件事，便是哄得老幼女性们呜呜地哭。至于这两桩事何以就如此有趣，说不清楚，但是倘能达到目的，确实极令人激动。

吓唬男性少年，不外是夜半躲在柴垛后面，待迎面有人走来时，突然跑出来大吼一声，吓得对方“咕咚”一声跌倒在地上，以此揭发那些素日夸口天不怕地不怕的英雄好汉们原来都是胆小鬼。但是你吓唬别人，别人也要吓唬你，久而久之，大家便达成了君子协定，谁再躲在黑地方吓唬人，谁就不够朋友，明人不做暗事，怎么可以将自己装扮成野鬼吓唬人呢。

哄得老幼女性们簌簌地掉泪，那才真是有趣，一个男子，以一个悲怆的故事，以一支凄惨的歌曲，把从10岁到80岁的女人们感动得泣不成声，那才真要有一番真本事哩。“昨夜里，我说了段英雄落难，把她们都说哭了。”少年朋友们中间，常有人以此引以为荣。

当然，哄得人泣不成声，可不是一件容易的事，有时你煞费苦心地好不容易构思成功一个故事，语音低沉，痛不欲生地讲给她们听，谁料，常常会适得其反，不仅没有人掉泪，反而有人打了哈欠。有的人生来就是铁石心肠，我对此坚信不疑。

然而在我们那个不小的镇子里，却有一个人每时每刻都能把全镇老少女性哄得抽抽噎噎，这个人只有四十几岁，我们称他是五先生，他会吹箫，只要他的箫声一起，镇上就必有女人暗自落泪。

五先生人极和善，也很少说话，镇里人晚上都要端着大碗，从房里走出来蹲在树下喝粥，只有他闷在屋里不肯出来，因为他天性斯文，席不正不坐，除非规规矩矩地在餐桌旁坐好，无论什么大鱼大肉，他是决不肯吃的。据老人们说，五先生家里原是一户老财，算得上是一方首富，只是他上面的四个哥哥荒唐，吃喝嫖赌，不多时间便将万贯家财挥霍一空了。偏偏五先生自己有志气，他含辛茹苦，一个人去北京读了大学，谁料没读一年书，他便染上了注定要死的肺病，无可奈何便只能回到家里。

偏偏这世上的事总是阴差阳错，许多年时间过去，五先生没有死，身体也没有康复，虽说是重病在身，可也还凑凑合合地活着。活着固然是一桩值得庆幸的事，但是活着最大的难题是吃饭，五先生不能打短工，不会做生意，想立个书馆，镇上人又怕自己的孩子染上肺病，便也没有人肯找他读书，走投无路，五先生终于到了挨饿的地步了。而中国人历来又主张饱了吹，饿了唱，吃饱了肚子唱曲唱戏，底气足，嗓音亮，越唱越有精神儿：而饿着肚子吹歌，不仅声调委婉，而且情调忧伤，据说吹着吹着，连饥饿也忘掉了。

“你听，五先生今夜又挨饿了。”

许多个黄昏，就在我家烧熟晚饭，热腾腾香喷喷的馍馍摆上餐桌的时候，悠扬悲切，窗外传来了五先生吹箫的声音，这箫声很远很微，断断续续地时有时无，即使是在听不到声音的时候，你也能感受到有一曲凄怆的旋律正在空中飘游。立时，一阵寒意袭上你的心头，那种全家人和和美美同桌用餐的幸福感觉，顿然消失了。母亲说，五先生可不是那种以悲伤的箫声向人们乞怜的人，五先生很知趣，每至黄昏，他便一个人走出镇子，镇外有一条小河，踩着河面上的石头走过去，对岸有一座旧庙，庙里只有几尊神像，连和尚都不知饿跑多少年了。五先生到庙外的老树下静坐一会儿，坐到无聊时便吹起了箫，而且要吹到很晚。

到底，少年不识愁滋味，五先生的箫声再感人，但淘气大半天，一端起饭碗，那就无论什么情绪也煽不起来了，狼吐虎咽地啃着热馍，无意间举目望望母亲，万万没有想到母亲却正在用心聆听着远处的箫声，而在她的眼窝里正有泪珠儿在涌动。

五先生处境如此艰难，镇上人都想尽办法给他一些帮助，有人求他代写一封信，有人求他给娃儿起个名字，再有许多事，又都是非读书人所不能的种种营生；当然，乡亲们不会白劳烦他，或多或少总要付些报酬，依仗着这些微薄的收入，五先生才没有饿死。

在五先生所从事的种种营生，报酬最为丰厚的便是吹歌，准确些讲，当是吹丧。也不知是一种什么讲究，在我们家乡一带，人死了，在治丧期间，是不允许无声的，讲究的是哭声不停，钟磬之声不绝于耳，作佛事诵经声不断，如此才显示死者的权势大，如此也显示后辈的孝心。只是，即使是地主老财家，死了人，也不可能哭丧之声不止的，孝子贤孙们有哭累的时候，和尚、道士念经也有个散场的时候，于是，为了填补这些声音空白，乡间便约定俗成地形成了一种风习，那便是在治丧期间，雇一个人来吹丧。而吹丧不能用唢呐，也不能用笛子。那些乐器吹出来的曲调都喜气洋洋，与悲痛的气氛不符；所以，吹丧只能是吹箫，唯有箫声才听得人潸然泪下。

五先生吹丧的情景，我是看到过许多次的，就在丧事主家的门外，丧门钱、打狗棒旁边有一只小矮凳，五先生端端正正地坐在凳上，长箫竖下来触到膝头，一曲一曲，他慢慢悠悠地吹着。

母亲说，五先生的箫声不知送走了多少故世的人，所以只要五先生的箫声一起，乡里人便想起了自己的亲人，五先生无论什么时候吹箫，都能引动得全镇老幼女性们抽抽噎噎，其奥秘也就在这里。

那时年少，不知道泪水是有重量的，只要五先生一吹起箫来，一曲《孤雁平沙》，一曲《望断秋水》，便能惹得人们哭天抹泪抽鼻子，我倒很是开心。而且，我还萌生了向五先生学习吹箫的想法。我把这个想法告诉母亲，母亲不仅不反对，还为我买了一支新箫，又再三嘱咐我千万不要摸五先生的箫，还不要在他那里喝水。

怀着满心的兴奋，一只手拿着新买的箫，连蹦带跑，傍晚时分我走出了镇子。五先生在镇外吹箫的地方，我熟悉，不必用心寻找，我便看见了那座残庙，看见了庙外的一株老树。

箫声悠悠，今晚五先生吹得更是悲凉，老树旁边，一块大石头上面，五先生坐着，一动不动，活像是一尊雕像，如果不是有动情的箫声从那里传来，你真会以为是庙里的佛像被搬出来了呢。

为了不打扰五先生，我蹑手蹑脚地悄悄向五先生走过去，但我感觉到五生先已经觉察到有人走过来了。一轮新月初升，地面上的人影被拉得好长。只是五先生没有抬头，更没有巡视，他仍然安详地吹着，吹着，似是要从此一直吹下去，直到永远。

今晚，五先生的箫声更加凄凉，很长很长的一个音符，颤颤巍巍，真是说不尽的心间痛苦，明明我看见五先生吹着箫，不时地抽动一下肩膀，箫声停顿一下，再响起就更感人。

“孩子，你过来。”

五先生的一声招呼，把立在一旁听得入神的我吓了一跳，我暗自甚至以为五先生是在唤别人，停了一会儿，从五先生刚才的箫声中苏醒过来，我才向前走了一步。面对面，我站在了五先生的面前，今晚，五先生似是显得更加疲惫，他黝黑的皮肤，深陷的眼窝，看着让人害怕。

“我早估摸到会有一个人来找我学吹箫的，我吹箫送镇上多少故人去了西方，如今该轮到我了，总不能让我就这么无声无息地上路吧。”

我呆了，不知为什么，我把新买的长箫藏在背后，好长好长时间，我默默地望着五先生，这时，我才看见五先生已是满面的泪痕。

“来，孩子，我先教你吹一个小过门，送我上路的那天，你就从这个小过门开始。”说着，我看见五先生的喉头蠕动了一下，我不知他是咽下了泪，还是咽下了血。

猛然，我突然地转回身去，迈开双脚，我发疯一般地向镇子跑回去，一面跑着，我一面喊叫：“五先生，你是走不了的，没有人吹箫送你上路，永远没有！永远没有！”

我喊着，叫着，跑着，还抡起新买的长箫往路边的石上砸、往树干上疯狂地打着，噼噼啪啪，我知道那支新买的长箫早已折断了。

每个夜晚，五先生还是到镇外去吹箫，只是我再不提向五先生学吹箫的事了。后来我去城里读书，关于五先生吹箫的事也就很快忘了。母亲给我写信，也从来没提过五先生吹箫的事。如今时过多年，无论谁也考证不出五先生的箫声到底止于何年、何月、何日、何时了。

忆 贼

上 篇

写下这个题目，自己倒先忍俊不禁地“扑哧”一声笑了，古往今来几乎所有的回忆文章，全都是回忆前辈师友，回忆亲朋故交或是回忆体面人物和体面往事的。人往高处走，水往低处流，和有地位的体面人物交情深，说明自己的品位高，如此也算是荣辱与共了。而我忽然心血来潮，居然要写文章回忆鸡鸣狗盗之徒，这实在是太糟践自己了。莫非你和那些歹人有什么交往不成？非也。实实在在，我不仅歧视蟊贼，我更憎恶蟊贼，我绝不想为哪个蟊贼树碑立传，尽管许多江洋大盗也打着劫富济贫的幌子，但靠个人暴力，靠打家劫舍，是不可能除暴安良的，生而为盗，实在是为人所不齿。

只是，说来也怪，我对往昔生活的回忆，竟和种种蟊贼们的行迹有着千丝万缕的牵缠，一部《城南往事》，作品中的小女孩就总是记忆着躲在空宅院里的一个盗贼，可见家乡的昔日温馨中总有贼的阴影在。

为盗者抢，为贼者偷，全都是违背公众道德的劣行，不仅要受到社会谴责，还要受到法律的制裁。

人们恨盗贼，每于他们犯罪时，一旦被人们抓获，总有人当场给他们一些教训，但教训毕竟是教训，人格上的羞辱还是为了唤醒他们的良知。那种众人围住拳脚相加，直到打得头破血流、鼻青脸肿，然后再被众人扭送专政机关去，而那一路上血迹斑斑的景象，又实在让人目不忍睹。

国家有庄严的法律，无论怎么严厉的制裁，最终全是为了保护最大多数人民的正常生活秩序；而直接的人身惩罚，反而会激起人们对弱者的同情，对于过错甚至对于歹人，爱心和温暖永远是启迪他们天良的最大力量。

昔日天津有一句民谚“二月雷，遍地贼”，说的是天时与盗贼的关系。这句民谚粗听似是没有道理，但仔细推敲，却又觉不无道理，因为天津地处九河下梢，周围农村的乡民也多以捕鱼为生，2月份便响起了惊雷，对于鱼虾的生长极为不利，渔业萧条，民不聊生，也只能或盗或抢，因为一家老小，每天都是要吃要喝的，逼良为娼，逼良为盗，此中的道理便是如此。

但是在昔日的天津，有人是以偷窃为业的。在我小的时候，三天五日便要听到一宗善良人家被偷的传闻，故里贼多，闹得人人精神紧张，偏偏我家又是一个富户，所以每夜睡前总是老人们嘱咐各房各屋，门窗户壁当心，由之也可想见盗贼们对我家虎视眈眈的恐怖情景。

偏偏我自幼睡眠不多，许多次夜半三更醒来听见屋顶有点什么声响，立即便吓得魂不附体，此时此际一不敢声张，二不敢出击，于是便只能把脑袋蒙在被子里，只等那房顶上的蟊贼下来作恶了，等着等着睡着了。第二天清晨醒来，看看房内一切如常，这才长喘一口大气，觉出昨夜不过是一场虚惊罢了。

尽管有一家老小的高度警觉，但我家还是闹了一次贼。那是在深秋时刻，当时我家的旧宅是两进的院落，前院里祖父母和我们一支分住着正房、厢房；后院里住着叔叔一支，东西的厢房一侧是佛堂，一侧是储藏屋。那时的面粉全是按季买的，一次就买十几袋，连夏天的西瓜都是一次买几十只，平时就码放在南房里，也不见有哪只西瓜烂了，“娄”了，似是那时无论什么东西都皮实，不似如今连人带物全都变娇气了。

一日，夜半三更，我突然被外面嘈杂的声音惊醒，支棱一下坐起来，呓呓怔怔地便听见外面院里叔叔在大声地喊："进贼了，进贼了！"也不知道是谁赶到了院里，反正是不少人，指挥的是祖父，传达各种命令的是叔叔，东奔西跑的是一两个用人。乱乱糟糟之中，只听见说是大门已经开了，贼是从后院房上下来的，立即打开储藏屋的房门查看，说是米也没丢，面也没丢，这时又听见祖父说："没事了，没事了，关好门窗睡吧，只是明日不可声张。"

第二天一天的时间，全家人唯一的话题便是这场闹贼的事，据叔叔说，大概到了后半夜，他忽然听见院里有动静，最先以为是猫，但又觉着声音不对，后来听见储藏屋那边有拨门的声音，叔叔当即在屋内问了一声："谁？"谁料毕竟是做贼心虚，听见主家有人出声问话，来不及拿东西当即抱头鼠窜逃之夭夭了。

一下子，叔叔成了英雄，母亲说还是叔叔勇敢，倘若是母亲，听见异常声音问也不敢问的。但祖父不以为然，祖父问叔叔说："你不知轻重地直问是谁，倘那蟊贼一不做二不休地在外面答话，是我！你又怎么办呢？"世上真会有如此胆大的蟊贼吗？祖父说有的，饥民可怕呀，饿疯了，又知道你家有粮食，好不容易下到你院里来，他能善罢甘休吗？贼不走空，好歹你得让他捎点什么走。

那么，听见院里有声音怎么办呢？

祖父说，听见院里有动静，不要惊慌，你只先在房里和身边的人大声说些闲话，这时倘蟊贼胆小，他便会溜之乎也了。倘他还不罢休，你再在屋里虚张声势地张扬：“老三老四，王五刘六，你们带上家伙看看院里是怎么回事。”这时盗贼听见你家男人多，而且还有看家护院的壮汉，一般地，他就不敢太张狂了。

“倘他还不怕，怎么办呢？”我自然要问个水落石出。

“那就由他去吧。”祖父也是无以对策了，“你想他一名亡命之徒，说不定身上带着家伙，你出来捉他，他先给你一刀，是几袋面粉值钱，还是命值钱？他不就是一个人来的吗，至多扛走几袋面粉罢了。我们只要好好做事，无论什么东西丢了，都可以赚回来，反正你的本领、知识，他是偷不走的，世上没有哪户人家是被偷穷的。”

道理似乎有点不通，但对于没有道理好讲的事，人们也要好歹有个对策，人生哲理，常就是于这无可奈何之时总结出来的，呜呼，世道艰难，偷是如此，被偷也是如此。

下　篇

明之以礼，待之以仁，动之以情，施之以惠，对于因为不堪忍受饥寒而误入歧途的人，仍然具有不可抵御的感召力量，须知在作恶的歹人之中，顽固不化的永远是极少数。

外婆家笃信佛教，而且大门外有“乐善好施”的牌坊，在天津卫是颇有名声的大户，谁料越是以慈悲为怀的人家，才越被视为可欺，因此就越是闹贼。据母亲生前对我说，作恶的蟊贼们居然猖狂到坐在房顶上抽旱烟袋，还“梆梆”地在瓦片上磕烟袋锅，因为他们知道外婆家不许伤害生灵，为了不敢触犯杀生的戒条，连养的猫都用绳子系在床腿上，唯恐他们吃了老鼠，好在老鼠者辈毕竟没有多大能耐，只要听见几声猫叫，便再不敢为非作歹了。

但蟊贼总是比老鼠要聪明的，他们知道到外婆家偷东西，即使被用人捉住，那也是一不棒打二不送官的，心里有了底，自然就更肆无忌惮，几乎每年总要被贼人光顾几次。

外婆睡得极晚，每晚必要去佛堂磕一百个头，然后再自己敲着木鱼默默叨叨地诵经，一番功课做完，最早要夜半十二点以后，因为不到子时，信徒是不能和众佛对话的。

谁料一天夜半，外婆的功课还没有做完，只听院里惊天动地一声巨响，活像是天塌下来一样，随之便传来了撕心裂肺的喊叫，外婆在人们搀扶下走出佛堂，这时才有人跑来禀报，说是从房顶上跌下一个人来。立即，全家男子汉们持械赶来，一看，果然院子里倒着一个男人，只是他已经摔断了一条腿，正疼得嗷嗷喊叫。这必是蟊贼无疑了，只是这个蟊贼何以会从房顶上跌下来呢?外婆家的男子汉们遵照家规没有动蟊贼一根毫毛,只是你喊我叫地动员这个蟊贼选择坦白从宽的道路,蟊贼没有遭到痛打已是感激万分,他乖乖地便述说了事端的经过。据这个蟊贼说,他早早地就隐在房顶烟囱后边,等着佛堂的老太太做完功课,全家睡下之后再下到院来偷窃,只是他实在是等得太久了,等着等着,困意上来,他居然依着房顶上的烟囱睡着了,这一迷糊过去,自然就把自己蟊贼的身份忘掉了,得意中一翻身,“咕咚”一下,他就以一个蟊贼的资格摔到外婆家院里来了。

“阿弥陀佛”,外婆念了一声佛,随之便吩咐家人给他一些米粮,再拿了一些钱,嘱咐他立即出去自己雇一辆洋车,直接去医院看病。最初,这个蟊贼不敢相信这一切是真的,他只是躺在地上不敢起来,最后是外婆家的男子汉们等得不耐烦了,这才逼着他快些起来,又给了他一根棍子,催促着他一瘸一拐地走出了院门。据说这个蟊贼康复之后曾来外婆家谢过恩,他自然不敢进院,只是跪在门外的善人牌坊下边冲着外婆家磕了四个头。谁料从此之后,外婆家再也没有受过蟊贼之扰。据外婆说,心即是佛,佛保佑善者平安,佛更是感召恶者从善的,听着似也有理。

我家还有一门远亲,因和当时的官府有些来往,亲戚们都不大和他来往,据说他们家就发生过关上院门打贼的事,对此，我家祖父辈的几位兄弟都颇有微词。据祖父生前对我们说，我们家祖辈上也曾经捉住过一个贼，夜半三更，听见后院里有响动，众男人一呼而上，活把一个蠢贼堵在了院里，当即，这个蠢贼就跪在地上磕头求饶。情况禀报到曾祖父房里，曾祖父了披衣匆匆赶来，他询问这个蠢贼何以作恶，蠢贼回答说家里多病老娘已经饿了多日，无奈只得出来偷点米粮回去给老娘充饥。听过蠢贼的禀报，曾祖父突然发下命令说："把他的裤子扒下来！"蠢贼知道作恶当罚，当即乖乖地脱下裤子，然后趴在地上等着挨打。谁料曾祖父并没有吩咐众人取来棍棒打贼，反而让用人取来两根小绳，吩咐用人将蠢贼的两个裤脚扎牢，去粮仓给蠢贼满满地装一裤子白米，待到一裤子白米拿来，蠢贼已是感动得痛哭流涕，连连地冲着我家的男子汉们磕头，并祷告善有善报，我家来日必是人财两旺，一辈更比一辈强。

也许他说得没错，我觉着我这辈就比我曾祖父、祖父和父亲那几辈强多了，他们连电视连续剧都没看过。

渴不饮盗泉水。中国人历来是歧视盗贼、更是憎恶盗贼的，在对于家乡故里的回忆中常常驱不散盗贼的阴影，而在丑与恶的道德标准上所折射出来的依然是人性的善良。襟怀世界大同主义的人预言，贫穷最终必将被人类所摈弃，而一切由饥寒所导致的丑恶与罪孽也必将被人类彻底埋葬。

古人云，圣人出，而有盗贼起，但最终在盗贼绝迹之后，亿万民众便尽是圣贤了，忆贼乎，忆贼乎，无贼可忆的年代已是指日可待了。

幻 听

总是听见有人在喊我的名字，或远或近，或洪亮或细弱，没有一分一秒的间歇，不给你须臾的宁静，像一群追着你，又蜇伤你的黄蜂；像一个困惑你，又吞噬你的阴魂，就这样折磨着你，刺疼着你，使你的心，每时每刻都在渗滴着鲜血。

可怕的幻听，比一切的疾病都痛苦，它使你觉得在这个世界上，几乎就没有你的生存空间，你无处躲避，你更无处逃匿，人世间就是要用这一团可怕的声音，活活地把你挤出这个世界，就这样不停地呼唤你的名字，就这样用不息的声音追逐着你，使你无暇获取人生，更使你彻底地失去自我。

有人说，幻听就是一种精神崩溃，幻听就是一种自我毁灭，幻听比死亡更可怕， 幻听是一个魔鬼，它无时无刻不在啮食着你的灵魂。

那是在一场政治动荡之后，而当时的我又只有20岁，对于人生，我几乎还没有来得及认识，对自我，那还只是一个完全的混沌。人生只是鲜花和歌声，人生只是诗和幻想，但那场可怕的政治风暴，一夜之间，使我陷进了永远的深渊，从此，羞辱和鄙夷将要陪我度过终生，一时之间，我被彻底地击倒了，我失去了保护自己的能力，我变成了一个社会公敌。

何况还要经过那样可怕的摧残，几百个人，不，准确地说，我根本无法看清到底是多少人，只觉得人山人海，本来空荡荡的一个大会议室，一下了竟被挤得水泄不通，而在这么多人的中间，一片口号声中，众目睽睽之下，而被当作罪人被批判斗争的，就是一心把自己的一切已经奉献给了人类最壮丽的事业，并且是最为自信，也最是骄傲的一个年轻的诗人，20岁的我。

震耳欲聋的口号声，几乎是近于粗野的辱骂，更有人为了有一种什么表现，竟目光中喷射出那样凶恶的光芒。到底我做错了什么事？到底我犯下了什么罪过？一切一切都不允许你询问，更不允许你为自己申辩。你的过错就是你的存在，你的罪行就是你的性格，而你的不可宽恕，正就是你的学识和素质。

一连就是半个月的批判斗争，已经是不再对人生留一点儿幻想，只盼着早一天结束这一切，无论是什么样的命运，也无论是什么样的结局，一切都置之度外。断绝了和一切人的来往，了却了一切情感牵缠，孤独一个人去迎接惩处，我将走进黑暗的人生。

一切一切都不复存在了，沉积在记忆里的，只有那一副一副因仇恨而扭曲的面孔，还有那凶暴恐怖的喊声。

谁料，就是在远离了社会人生之后，就是在被送进到了脱胎换骨的广阔天地之后，原来一切美好的记忆都淡忘了，而在心中，在睡梦中，在一切一切的幻觉中，却又永远永远也无法使它消失的唯有那时时追逐着我的喊声。从天明到天黑，又从天黑再到天明，就这样不停地震响地我的耳边，而且，又是喊着我的名字，还夹杂着那许多许多无法忍受的污言秽语。

我料定这种可怕的幻听症将断送我的终生，农场里也有保健室，但是医生看过，什么话也没有说，便又让我出工了，“不碍事的，过一些日子就会好的。”这就是诊断，这也就是处方，从此，不碍事的幻听症，就把我推进到了无限痛苦的深渊里。只是，难道我的记忆中就再也没有美好的声音了吗？曾经，在我的生活中有过多少温暖与关怀呀！从童年时代母亲的呼唤，到青春年华令人心醉的细语。但是在幻听之中，却只有仇恨和辱骂。有时我也想过，如果能在这一片不息的声音中，能重新听到哪怕一次那失去了的呼唤，我想这幻听症也不是不能忍受。

只是没有美好，没有爱；没有温暖，没有情。

已经是过去了许多年了，农场对如我这样的人又有了新的对待，而新的对待中最令人感激的一条关怀便是可以享受普通人的神圣权利，每一个月可以返城一次，可以回到社会生活之中，去回忆一次失去了的人生。

为了能得到这样的温暖，我们当中的许多人感动得不能自持，他们声泪俱下地向人民表示，一定以最彻底地重新做人来报答这种深厚的恩情。迟钝的只有我，因为我已经被可怕的幻听症折磨得神志恍惚，我无怨无恨，无爱无仇，生命陷落在一片可怕的声浪之中，一生不得解脱。所以，当第一次的假期轮到我回城的时候，我居然呆呆地不知所措，回城去做什么呢？城里，有谁在等着我呢？

像一个幽灵，我漫无目的地在城里徘徊，整整一个白天，我既为自己能够重新回到都市文明中来而无时不在激动，而我又于回到都市文明的同时，再一次沉陷进了可怕的幻听深渊；我想这也许是因为正是在这里我经历了一场狂暴的摧残，也正是在这里，我第一次见到了仇恨，也第一次懂得了什么叫作野蛮。那凶恶的声音就是蛮横地把我驱逐出了这个城市里，而我又正是在那凶恶的喊叫声中，被葬送了美好的一切；所以，今天当我又回到这个城市中来的时候，我才发现，原来这里的一切对于我来说，远没有变得温暖，更没有一点善良。

只是，因为离别城市太久，我还是要去看看商场，我还是想去看一场电影或是看一场戏，就这样在街道上走着，我毫无兴趣地随意走进了第一个我遇到的商场， 也毫无兴趣地走进了我第一个遇到的餐馆和影院。就这样走着走着，从早晨到中午， 又从中午到黄昏。

渐渐地，天已经黑了下来，总要去找一个住处，那个把我驱逐出城市的所谓的原单位，自然是不能再去了，我有一个亲戚，住在城郊偏僻的地方；一个人在外面吃过晚饭，又想好了为自己的突然出现而编造的贴切托辞，这样，我才动身去找那个朋友，按照记忆中的地址，去找那个我本来不甚熟悉的地方。

已经是走出这个城市繁华的市中心区了，街道上的行人已是极为稀少，偏偏路灯又是那样的昏暗，静静的长街上，孤寂的夜风里，地面上闪动着我瘦瘦的身影， 这身影是那样的凄惨，连我自己都懒得多看一眼。

然而，就在我快要找到那个地方的时候，明明是一种幻听，似是从天上飘下来的一丝声音，那么遥远，又那么细弱，比这初夜的风还要缥缈，比这静僻的角落还要凄凉，就是一丝声音，在呼唤着我，以那早已失去了的温柔，以那早已变得陌生了的羞怯，胆怯又含着意外的惊喜。但确实就是在呼唤着我的名字，一声一声， 那样清晰，又那样亲切。

我真应该回过头去寻找那个声音，说不定我会因此而找到我失去的一切，但那时我因失去自信，而不再相信这个世界；幻听，幻听，不可能有这样的偶然，不可能有这样的邂逅，世上何以会有这样的巧合？已经是失散了的情谊，已经是了断了的孽缘，而又是在我一次偶然返城的晚上，又是在这不可思议的时刻和几乎是在郊外的城市边缘？幻听，幻听，我断定这必是可怕的幻听又在追逐我。只是这次不是以那凶恶的喊叫，而是以比那凶恶的喊叫更为可怕的细语，以一种在人的心头唤醒尊严和希望的声音，再一次刺伤你的心。

是的，那美好的声音早已不复存在了，残酷的现实从我的生活中夺去了一切的幻想和希望，我早已失去了获得人生的最后权利，我将无望地活在这个世界上。何以那失去的一切，又会回到我的人生中来了呢？不，不可能，永远也不可能了。只是，那声音还是在我的身后回绕，一声一声呼唤得那样真切，又那样凄凉。我知道，这是因为我因失去这一切而过于痛苦，更是因为我过于期待着人生会出现奇迹，所以才乞求命运恩赐给我一次意外的安排。幸好我还冷静，我自知自己可怕的幻听症，有可能会给自己幻化出怎样的神奇仙境；于是，我只好低下头来，紧紧地用衣领裹住自己的身体，匆匆地加快脚步，从可怕的幻听中逃跑出来。

感谢历史，感谢人类的良知，那可怕的一切终于都过去了，尽管蒙冤的岁月夺去了20年宝贵的青春年华，但我仍然感激历史的公正和真诚，待我们回到社会人生中来，寻找回来我们曾经失去的一切，痛心中也还有着几分幸存者的慰藉。

当然，这又是极偶然的意外，似是命运故意的精心安排，一次朋友的聚会上，我们遇到了一起，当然，都已经是40多岁的人了，经历过了太多的风风雨雨，我们似是更亲近了，其实才真是更疏远了。但这样倒好，一切年轻时不敢启齿的话，反而能谈得极其轻松。是她先告诉我说，自我们失散之后，她患了严重的幻视症，而这种可怕的幻视症，又总是让她几乎是在一切我不可能出现的地方，看到我的影像，尤其是在僻静的角落里，在昏暗的路灯下。那是在一次她去城郊探亲回家的路上，在一条几乎不是道路的土路上，在几乎是什么也分辨不清的灯影里，她看到了我的身影，看到我一个人正在城郊的土路上匆匆地走着。她说她从后面喊了我的名字，而且不是喊了一次，但最后，她说她发现自己是犯了幻视症。因为那个人明明是听见了她的呼唤，但是他没有回头，只是把衣领高高地竖起来，然后便匆匆地向着更黑暗的地方，大步地跑走了。从此，她说她再不对人生抱任何幻想，面对无情的现实，她嫁给了一个同情她的好人。

那一次是你吗？她还要问。

我没有回答，只是反而向她问道如果那真的是我，人生岂不是会更加可悲了吗?

是的，一切一切都已经过去了，连同我的幻听，也连同她的幻视，只愿真实的世界永远和我们在一起，我们将永远不再失去它。

内 疚

是的，人的情感世界也过于奇妙，一旦一种什么情结袭上你的心头，它便久久地使你不能释然。

至少我可以说，我的内心坦然，几十年来，多少次政治风暴，我总是受伤害的一个，而我却从来没有伤害过任何人。一位老朋友于他平反之日，终于看到了他自己厚厚的历史档案，一页一页，检举揭发，以到于日后的什么旁证材料，认识的人和不认识的人，几十年来不断地为他的“罪行”做过各种各样的证明。但是，我的这位朋友于日后见到我的时候，不无钦佩地对我说，他唯独没有见到我揭发他的任何材料，何况我们两个人又是尽人皆知的死党，当然，为此他对我颇为赞赏。但只有我自己知道，这绝不是我本来就有什么美德，这只是因为我早已就成了社会公敌，我失去了社会对我的起码信任。

没有伤害过他人，自然就内心极少内疚，人们常说，我没有做过对不起他人的事，君子坦荡荡，无愧于人，更无愧于己，虽终因天资所限未成大器，但至少活得善良，活得正直，如此而已。

只是，被伤害的人，有时竟也会陷入深深的内疚，不是自责于做了什么对不起人的事，是一种极奇异的情感历程，是一种你所无法解释清楚的情结。

这事涉及我的一位朋友，其实也算不得是什么朋友，就是极其一般的同事罢了，彼此间没有任何私下的交往，更没有多少共同语言，而且绝对是情感上存在着不可消除的戒备，用这位朋友自己的话说；我们是不同的，因为我们的阶级本质不同，尽管他说不清是怎样的不同。

说到阶级本质，大概我的这位朋友认为他属于革命派的一方，他的出身好，立场好，思想也好，表现就更好。那场“文化大革命”一开始，他就受到了司令部的重视，不是直接的重视，因为他和司令部距离太远，搭不上界，准确的说法是受到了司令部代表的重视。这样，他就有了优越感， 他就觉得自己的肩上必是负有一点儿什么神圣的使命，所以一事当前，他总要比一般的人多动些脑筋，以此来报答知遇之恩。

那时，人人都还记得，在对敌斗争的最前线，那是表现自己最好的机会，尽管大多数时间大多数场合，被人们认定为是敌人的人，常常并不像人们想象的那样狡猾，那样恶毒，于是为了将敌人制伏，革命的一方，自然就要想出一点儿奇妙的招数，因为据说扫帚不到，灰尘是不会自己跑掉的。

这样，就轮到各路英豪在我的身上显露才干了，其实也用不了多少智慧，不外就是喊口号的嗓门大些，“上纲”的言辞带上点血腥味，到后来武斗兴起，由触及灵魂到触及皮肉，逐步升级，直到有的人为了宣泄他们的深仇大恨，竟然把他们从小说中得知的种种酷刑，用在了被他们认为是敌人的人身上。

也许，善良的人们远没有估计到一旦人的本性受到扭曲，人就有可能还原为野兽，这时人与人之间不但完全丧失了同情，而且，还可能有一些人会在同类的鲜血中找到快乐。于是最先用来做这种试验的当然就是我。因为我早已被视为是死反革命了，对于这种人，无论怎样的折磨都不会在人们的心中唤起一点儿同情。而一个人对我越是狠毒，由此就显示出他的立场就越是坚定，自然，他也就进步得越快，随之他也就有可能得到提升。于是，有的人就为了要一种什么表现，他们就要在我的身上表演一下他们那些不是无缘无故的爱，连同他们那些不是无缘无故的恨。

果然，斗争会的气势突然带上了浓烈的火药味，什么飞机式，打倒在地再踏上一只脚，已由原来象征性的恐吓，变成了真实的表演，一次比一次野蛮，一次比一次残暴，没有多少日子，我已经被折磨得遍体鳞伤。触及皮肉，触及灵魂，其实不外乎就是人类的一次兽性发作。

这样就说到了我的这位朋友，尽管我们平日没有什么友谊，但至少也没有任何仇怨，相安无事，何况他也是一个小知识分子，起码的同情心总还是要有的吧？但也是我太单纯，我万万没有想到，正就是这位平日斯斯文文的读书人，竟然在“对敌斗争”中表现出了那样“高”的觉悟和那样鲜明的什么本性。

那是在一次对我的批斗会上，革命群众为了表示对我的深仇大恨，一下子就在我的胸前挂上了三块砖头，一块砖5斤重，三块砖就是15斤，用一根麻绳系着，吊在我的脖子上，一个小时的批斗会下来，我只是觉得头似被割下来了一样，一连几天要抬不起头来。当然，“革命者”们对于他们的发明是极其满意的，因为这样就可以制造一个低头认罪的结果，让我永世抬不起头来，这才算是杀了敌人的威风。

这样可怕的刑罚，已是足以让人不寒而栗了，每次押着我去批斗会，我在路上都要全身发抖。但是，群众是只能自己教育自己，从而也只能是自己解放自己的，对待群众的态度问题，是一个最根本的问题，所以，任何人在群众的面前只许老老实实，否则，便是死路一条。

这一天，又是同样的批斗会，自然又是同样的刑罚，三块砖头，用一根麻绳系着，重重地套在了我的脖子上，不到半个小时，我已是支持不住了。恰正在我几乎就要昏倒的时候，台下的群众当中站出一个人来，他极是同情地指着台上的我对众人说：“革命的同志们，我们不是要对阶级敌人进行体罚，我们主要的目的还是要拯救他们的丑恶灵魂，三块砖头也实在是太重了，阶级敌人会说我们不实行革命的人道主义，根据要文斗不要武斗的指示，我建议只给阶级敌人挂一块砖头也就是了，作为一种象征嘛！”

听到这位朋友如此的一套言辞，我似一个即将毙命的人看到了救命的希望一样，心中对这位朋友充满了无限的感谢，而且我在心中暗想，到底是受过高等教育的人，总还是有一点儿修养，他看不下这种野蛮的体罚，如今居然出面说话了。

正是在我的这位朋友的劝说下，革命群众同意了他的意见，当即，有人就上来为我解下了脖子上的三块砖头。这时，劝告群众要文斗的这位小知识分子立即走上台来，并从群众手里接过去了那三块砖头。很快，经过他的一番改进，新的刑具做好了，确确实实只是一块砖头，而且也是他亲手把这块砖头吊在了我的脖子上，但是，善良的人万万也想不到，这次的一块砖头是用一根和头发丝一样细的钢丝系着，吊在了我的脖子上的。果然，这一块砖头比原来的三块砖头的威力要大得多，没有多少时间，鲜血就从我的脖子后面流了下来。

当然，在那一场浩劫结束之后，在人性复归之时，许多有过丑行的人都为自己的过去而感到内疚，我的这位朋友自然也是如此。多少次，我的这位朋友主动地想接近我，而且在众人面前，他也是故意地向我说着致歉的话，有一次当着许多人的面，他明明是在对我说，想起那时候的事，真觉得内心有愧，总想找个机会向受伤害的同志说几句自责的话，又总是怕人家不肯宽恕。我自然听明白了这一切，但我故意不理睬他，我总是以为，对于有的人，绝对不能让他们太轻松地就从内疚中解脱出来，多让他们受几天内心的折磨，也是为了让他们能对自己的过错认识得更深。

后来，我从那个单位调回到原来的文化工作岗位了，临走的时候，我的这位朋友还特意向我表示要约定一个时间和我好好谈谈，当时，我只是回答他说，也没什么好谈的了，那种日子已经是永远不会再来了，好自为之吧。但是，他还是要找我谈，而我呢？却又坚决不和他谈，我的不肯轻易原谅他，就是为了让他多一些时间自省自责。

后来，过了一年多的时间，这位朋友又来找过我，面色自是极为尴尬，我当然知道他是为了什么事找我来的，但我故意冷落他，只和他搪塞几句，便推托太忙，把他打发走了。老实讲，对于过去的事情，我绝不是那种死死缠住不放的人，但我的不理睬这位朋友，实在还真是希望他能从这次表演中吸取更为深刻的教训，来日方长，我总会原谅他的。

就这样，我把他打发走了之后，一连有三五年时间，我没有再见到他，我还以为他早把这件事忘记了呢，人未必都会为自己的过错感到内疚，永不忏悔的不也是为数不少的吗？这又有什么呢？政治运动嘛，不都是要跟着走吗？不跟着走行吗？伤害了什么人，谁也没有责任，干吗要感到内疚。不是也还有人说过的吗？“再赶上运动，还是那样干，坚决执行嘛。”但我又总是想，我的这位朋友总还不是这样的人，他一直被深深的内疚蜇痛着，他一直没有得到安宁。

然而，不幸，就在前不久的一天，我在路上偶然遇见了一位原来的同事，这位同事在向我述说原单位种种变化的时候，突然间向我问道：“还记得那位朋友吗？”我回答说当然记得，因为他来找过我。

“他自杀了。”

真是令人为之震惊，我立即打了一个冷战，这样年轻，家庭生活又很美满，他何以走上了这条绝路？

没有人能解释清楚这一切，也不是所有在“文革”中有过劣迹的人，都这样感到内疚。但他确实是经受了太重的精神磨难，直到最后，彻底崩溃，得了精神病，久治不愈，最后便做下这样没有道理的荒唐事。

谁料，很长时间，我竟陷入了深深的内疚，说不清原因，我也确实没有任何对不起这位朋友的地方，但我总是因为没有在他离开人世之前给他一种心灵的解脱而深深地责备自己，我想，如果我的这位朋友万一于他精神恍惚之时，重新想起他在我的脖子上用细钢丝吊挂砖头的往事，那他本来就不健康的心灵，岂不是就要更加狂暴了吗？也许，如果我释放了他心中的内疚，那么他的死，他的精神崩溃，应该说，于我是无可责怪的了。但我却久久地没有原谅他，直到他痛苦地离开人世，依然心灵深处负着深深的内疚。是的，我没有让他负载更重的羞愧，但他在因羞愧而精神崩溃的时候，却没有得到我的原谅，由此，我才感到无可解脱地深深内疚。

恩也罢，怨也罢，历史把一个一个的伤疤留在了我们每一个人的心上。人要善良，对于恩，自然要报以善良；对于怨，我们也没有理由不报以善良，少一分善良，就多一分内疚，我们的心灵就不可能得到安宁。

人们啊！让我们自救，自救于仇怨的深渊！

人　心

我和公安大刘的友谊是从我案发的第一天开始的。

自然，公安大刘的名字是我给他起的，那时候我还不知道他的全名叫刘志强，我也不敢问他叫什么名字，人家只告诉我这位负责我案件的公安局干部姓刘，于是在心里，我就称他是公安大刘了。

公安大刘那时候最多也就是二十几岁，案发的那年，我19岁，每次审讯我时，在主审干部旁边坐着的这位同志，看上去也就是比我长几岁的样子，一点儿前辈的神态也没有，他也没有什么威严可讲，至少，我看着他一点儿也不害怕。

株连到我的这桩“胡风反革命集团案”，虽然一不是杀人越货，二不是图财害命，但它却比一切的案件都严重，在案发的当时，这桩案件被定性为是“反党反社会主义反革命”，审判的时候，更被定为是“颠覆中华人民共和国罪”，当初，和我这样明火执仗的小反革命打交道，公安大刘肩上的责任重，是可想而知的。

在和我打交道的时候，大刘很少穿警服，不知道这是上级的旨意，还是大刘怕穿上警服会给我增加精神压力。但是，无论大刘穿不穿警服，在我的面前他都代表政府，而且对我实行专政，他和我之间，是不存在任何一点儿友谊的。

但说也奇怪，从大刘一开始介入这桩案件，我就感觉到大刘对我有一点儿说不出的感情。何以我就有这么点灵气儿呢？因为在大刘监视我的时候，在他的目光中我没有发现凶恶和仇恨。尽管陪着主审干部，大刘的脸色总是冷冰冰的，没有一丝笑容，但我更注意到就是在陪同主审干部对我做工作的时候，大刘只是在一旁坐着，甚至于不咳嗽一声，可能他知道，主审官的一声咳嗽会在“罪犯”的心里造成怎样的威慑。

可能和所有的程序相似，主审干部对我做工作，每次都是以不欢而散的结局收场的，每次谈话结束，大刘总是送主审干部离开我的房间，过一会儿时间，当大刘再回到我房间来的时候，出乎我的意料，他一不动员我选择什么“坦白从宽”的道路，二不申斥我的态度不好，如果是中午，他只是对我说一句“先吃饭”，如果是晚上，他就问我：“没什么事吧？”然后，他就走了，把我一个人留在房里。

也有的时候，主审干部太忙，偏偏还有点问题要向我询问，也不知道人家是通过怎样的手续，问题转到了大刘的手里，这时候大刘就把要我回答的问题交给我，还以平和的语气对我说："你把这件事写写。"待我写完之后，他连看也不看，就把我写的材料收起来了，绝不似主审干部那样，每次要我交代什么事情，在我真是毫无保留地交代之后，总是以怀疑的语气质问我："就是这些？"就像我骗他似的。

老实说，在"胡风反革命集团"一案当中，每一个受到株连的当事人，都从来没有隐瞒过什么事情。这和后来的相互揭发完全是两回事，因为这个"胡风反革命集团"没有任何需要隐瞒的事，更没有一句不可公开的话。胡先生说的"不可与外人道及"，只能说明那时候有人虎视眈眈地盯着这些人，时时想抓个借口整这些人。"不可与外人道及"，不过是一种自我保护罢了。真到了案发之后，让每一个人都说出那些"不可道及的话"，说出来了，又怎么样呢？不外就是相互鼓励为人民多写几部好作品罢了。每次审问，主审干部不信任地问我："就是这些？"可见他们也不能理解，正就是这些光明磊落的事，和这些光明磊落的话，竟然被说成是反革命案件。真也是给他们这些办案的人出了大难题了。

在我的印象中，大刘对于我，就很少存在这种怀疑。任何一个精神正常的人，都不会相信一个只有19岁的青年，竟然参与了一场旨在颠覆中华人民共和国的政治阴谋。面对我这样的敌人，大刘的目光中没有仇恨，我想也许就是这个原因。

我被隔离的时间并不长，没有多少日子，大刘也就不再与我形影相随了。自然，在我被隔离的时候，大刘是奉命对我进行监护的，他要看我是不是按时吃饭，有没有什么异常的行为，也许还要保护我不被激进人士伤害。说来也怪，真有人对被点名的“反革命分子”们怀有仇恨，我的一个朋友来看我的时候就对我说过：“你可千万别到什么地方去了，那里你的一些老同学说你，没想到平日那么不言不语的样子，原来是一个暗藏的小反革命，只要在马路上再看见他，我非打断他一条腿不可。”政治煽动起的仇恨，是曾经制造过悲剧的。

被定为“胡风分子”送到工厂，又被打成“右派”送到农场，我和大刘的缘分也应该断了；但是在农场待到第二年，一天下午大喇叭里喊我立即到场部去，按照纪律，我匆匆来到场部，在办公室门外大声地喊了一声“报告”，里面有人回答一声“进来”，如此我才走进场部办公室。抬头一看，真让我大吃一惊，大刘正坐在办公室里等着我呢。

一年多的农场生活，每一个学员都被训练得规规矩矩，在队长们的面前要垂手恭立，进办公室要先喊报告，走进办公室不许东张西望，队长问你什么话，你只能回答“是”或者“不是”，队长扬手让你滚蛋的时候，少和队长啰唆。此时此际，在队长办公室里看见了大刘我竟然有了一种轻松感，刚才立在办公室门外的紧张感立时消失了。

“我们单独说点事情。”大刘向队长表示过谢意之后，示意队长可以离开，待队长走出办公室，大刘把一只小凳子推到我面前，他也没说让我坐下，一点儿也不客气，我就大大方方地坐下来了。

“没什么事，就是来看看你。”大刘看看我一身的劳苦样子，还是语气平和地对我说着，“这里的情况我们都了解，既来之，则安之，不要惹事。”

我理解大刘的意思是告诉我不要和队长们犯劲，像农场有的学员那样，故意和队长过不去，惹得队长不得不对他们采取极端措施。我自然知道自己错误严重，对于农场帮助我重新作人，心里已是万分感谢，所以一年多的时间里，我从来没有违反过农场纪律，没惹队长生过我的气，农场没有开过对我的“帮助会”，日子过得还算平静。

大刘的出现，虽然令我感到意外，细想一下，倒也在情理之中。虽然我已经被定为“胡风分子”，但胡案还没有最后了结，“要犯”们自然都关在狱中了，我这个“从犯”的情况，公安部门还要时时掌握，所以大刘到农场来看我，一个可能是他要对农场有所交代，第二更是要了解我的情况，唯恐出了什么事，断了线，到将来真用着我的时候，我没了，那也是革命的一大损失了。

“你有什么要求吗？”说过安抚我的话之后，大刘向我问着。自然我也知道这不过就是一种姿态罢了，我真提出什么要求，譬如我想“出去”，他也办不到。我摇摇头回答说：“这时候了，还有什么要求呢？”大刘没有再说什么，也就让我回去了。

大刘到农场来，虽然不可能改变我的处境，但我也感觉到，自此之后，农场似是对我有了一种无形的政策，无论是好是坏，农场从来没有抓过我的典型，更没有对我有过特殊的“帮助”，别的学员时不时地就要被叫到队部挨一顿申斥，学员暗中说是“给你紧紧鞋带”，唯有我的鞋带，从来没被紧过。多少年之后，我猜想，可能大刘对农场有过交代，不可太挤对我，我所涉及的“案件”，还没有结案。

三年农场生活结束，我被安置到一家工厂做勤杂工，一天，一个干部传我去保卫科有事，走进保卫科办公室，又是大刘在办公室里等着我。

“回来了？”还是让我坐下，也还是平和的语气，大刘向我问着。

我点了点头，算是回答了他的询问。

“听说是农场把你送回来的。”大刘又向我问着。

“农场清理案件，说我一没有判刑，二不是劳动教养，把我送进农场说是代管，违犯法律，农场的场长对我说，你这个人真老实，人家送你来这里，当时你怎么就不问问原因呢。当时我说我不回去，你今天送我回去了，明天还会有人再把我送回来。农场场长说，以后谁再把你送回来，我就连他一起收下。”没有一点儿抱怨，我只是向大刘说说过程。

“唉！”第一次，我听到大刘的叹息，我还看见，大刘脸上的肌肉抽动了一下。

东拉西扯，说了一些无关紧要的话，最后大刘问我：“三年时间过去了，你有什么想法吗？”

“什么想法？脱胎换骨，重新做人。”我冷冷地回答。

“说真心话。”大刘向我说着。

“感谢党的治病救人政策……”我像背书似的回答。

“三年前，你不是说过你冤枉吗？”大刘突然向我问。

“我当然冤枉！”看看屋里没有保卫科的干部，也不知我哪里来了豹子胆，脱口回答大刘说道，“我算什么‘胡风分子’？我连胡风的面都没见过。原来说帮助我划清界限，后来说用我的事例教育全国青年，可是最后还是把我定成了‘胡风分子’，农场三年的日子，你看到过得……”

“好了，好了，有些话，你就对我说说吧。有个地方安置就是好事了，让你做什么你就做什么，还是我劝你的那些话，不要惹事，有的话更不要乱讲。今后我会常来看你的，能够给你带来好消息，你也别高兴；给你带来坏消息，你也别反感，反胡风运动虽然过去了，但案件还没有结束，最后总会有个说法的。”

在职业上大刘对我负有怎样的使命我不得而知，但我也感觉到大刘要对我进行监控，每时每刻，大刘都要知道我在什么地方，还要知道我活得如何，一旦有了什么需要，上面要求必须立即就能找到我。但这些年在和大刘的接触中，我愈来愈感到大刘的心间有一个谜，说他对我实行专政，实实在在，在他对我的态度中，看不到威严和无情，至少他没有对我施加过压力，更没有羞辱过我。就像当年农场队长骂我的那样："你应该枪毙，我们不杀你，留你做劳动力，好好干活儿去！"

大刘作为一位职业公安干部，我想他一定处理过许多案件，就是在他的脸上，我看到一种职业的威严，我想，在审理刑事罪犯的时候，大刘板起面孔来，一定是很怕人的。只是大刘自介入"胡风"案件之后，似是把他推进到了一种莫名的境地，被"监护"的罪犯，一个是我的老师，学富五车的阿垅，另一个，就是满脸稚气的19岁学生，把这样两个人看作是杀人越货、明火执仗、穷凶极恶的敌人，大刘似是还有什么心理障碍。而出于职业上的使命，大刘又必须想着我们是他的工作对象，于是大刘对我采取了一种特殊的态度，公事公办的时候，他照本宣科，上级没有别的布置，他极力淡化和我的关系。比起文艺界的运动领导，大刘都显得温和，至少我不像对文艺界的运动领导干部那样，对大刘有任何一点儿仇怨。

一场"文化大革命"，十年浩劫，我再也没有见过大刘。

就在“文化大革命”开始之前不久，“胡风反革命案”公开宣判，胡风被判处有期徒刑14年，阿垅被判处有期徒刑12年，一场惊动全世界的大案就这样收场了，大刘再没有必要跟踪我了，我也把大刘忘掉了。

那是在“胡风反革命”冤案得到平反之后的1980年，我已经回到编辑部工作，一天上午，我就觉得编辑部门外似走过来一个人，回头看看，心间一惊，又是大刘找我来了。

“还认得我吗？”大刘站在门外，微笑着向我说着。

说来也怪，在负罪的年代，我对大刘没有反感，平反之后，今天又看到大刘，我倒有点不客气了。立即我就对大刘说：“我怎么会不认得你呢？说句玩笑话，烧成灰儿我也认得出来是你。”语气不像过去大刘对我说话时那样平和，到底我的修养不够，也应该理解，我这一肚子的委屈还没找着地方宣泄呢。

“有怨气。”大刘似是并不怪罪我，反而和善地对我说，“都受过什么罪？”

“我受过的罪，你还不知道吗？挖河、开荒、打铁、扫马路、扫厕所……”我还是嘟嘟囔囔地对大刘说着。

“行了行了，我比你受的罪厉害。我戴过手铐、脚镣，下过死号。”大刘打断我的话说。

“你也是颠覆罪？”我想起了给我定的罪名，便故意刺激着大刘说。

“我的罪名是同情包庇胡风分子，没有骂过，没有打过，没有铐过，没有……”下面的话，他就不好说了。

我愕然了，一个代表国家权力机关对我们实行专政的公安干警，竟然因为同情我们而锒铛入狱，而且几乎被处以极刑，这时代也未免太荒唐了。

立即，对于大刘，我心里萌生了友谊般的情感，也算是热情地伸过手去吧，大刘紧紧地握住了我的手，也许是大刘和我都有了一种奇异的感觉，我们两个人对望了半天，这时我们才想到，我们虽然也算相识20年的时间了，而直到今天，我们两个人才第一次握手，正是我们的第一次握手，我们的心才第一次相见，一股热流从我的心间流向大刘的心间，更有一股热流从大刘的心间流到了我的心间。

“唉，过去的事啦。”和大刘对坐在会客室里，大刘感慨万分地对我说着，“无论你相信还是不相信，就是当年看管你的时候，我也没把你当敌人看待，那时候，看着你，我就想，人家还是个孩子呀。后来，给我栽赃说我对你恨不起来，没吓唬你，没给你上铐子，不是说有个人心吗？其实那时候手铐就在我腰里挂着，唉，人心呀，人心呀！”说着，我看见大刘的脸上掠过一丝苦涩，那个时代在他的心里也留下了深深的创伤。

“不谈了吧。”出于职业习惯，大刘不想再多说什么了。过了一会儿，大刘也是调整了一下心态，这才平静下来对我说道，“今天我又是奉命找你来的，你的冤案已经平反了。当年运动时，还拿来了你和阿垅的私人信件，档案里别的东西都毁掉了，这些信件属于你私人所有，我奉命把这些信件退还给你。”

果然，国法庄严，退给我的旧日信件，一件一件保存得完好无缺，每一页信纸，都享受名人字画的待遇，装裱得整整齐齐，还编好了号，可能这些信件经过干什么要人的审阅，许多地方画上了红线，表示那里可能隐藏着杀机和阴谋。无论这些信件留下怎样的刀痕吧，到底阿垅老师写给我的信件保存下来了。看着这些已经发黄的信件，我想起了阿垅老师的音容笑貌，珍存起来，这些信件将成为一段荒唐历史的见证。

“我要去找陈沛。”和我办完例行公事，告别的时候，大刘对我说着。

陈沛是阿垅老师唯一的儿子，我们两个人感情极好，只是出事之后，我们再不联系了。前不久，为胡风案平反，我们才又见到，我们之间的感触自然也就更深了。

为阿垅老师平反，作协机关也做了许多工作，但是最大的难题是阿垅老师死于狱中，他的骨灰已经找不到了。无可奈何，向上级请示之后，作协决定为阿垅老师举行一个追悼会、做一次象征性的最后安葬。

“有一件事，我想告诉陈沛，也许阿垅的骨灰还能找到。”大刘没有把握地向我说着。

“还能找到线索？”当即，我就急切地向大刘问着。

“阿垅去世之后，他的尸体是由我送到火葬场去的。”大刘向我说着，“尸体上没有姓名，只有一个号码，按照当时的做法，是不允许留骨灰的，而且火化之后，我还必得在现场监视把骨灰扬掉。只是，火化之后，看着火化炉里的骨灰，不知道是一种什么想法，我突然对火化场的工人说，这个骨灰你们先别动，我立即跑到火化场大院里，也是巧，我就拾到了一只木箱，提着这只木箱回到火化间，我对工人说，你们把骨灰放到箱子里。然后我又让工人在火化场大院墙角找了一个地方挖了一个坑，把那只木箱埋下了。”

“大刘同志，你真是做了一件好事呀！”激动万分，我紧握着大刘的手，几乎是喊出了声音。

“不过呢，时间太久了，能够找到自然是一件好事，只怕火化厂改建，那就没有办法了。”

“大刘同志，我先代表陈沛向你表示感谢了！”几乎是含着泪水，我对大刘说着。

“唉，人心呀，人心，出事之后，我一直负责和阿垅接触，十几年的时间，到最后我总是觉得阿垅不应该是这样的结局，一切都过去了，这不是已经恢复名誉了吗？这就比什么都重要。”我知道，大刘不可能评说曾经发生过的悲剧事件，至多，大刘也就是说到人心两个字了，就是这一点点人心，我才没有经受更多的磨难，阿垅的在天之灵，或许也因这人心二字，得到一点儿安抚。

把这个消息告诉给作协机关，又立即找到陈沛，第三天，作协机关为阿垅买了一件最贵重的骨灰盒，陈沛夫妻和他们两个可爱的孩子，和大刘一起去了火葬场，也是找了好长时间，最后大刘指着一个地方说，也许就在这里吧。找来工人在一处墙角挖了一段时间，果然就挖出了一只已经腐烂的破木箱，幸好那木箱里有一个油毡纸包，那里面就是阿垅老师的骨灰。俯下身去，小陈沛捧起父亲的骨灰，紧紧地贴在胸前，所有在场人人，更有大刘，眼里都噙着泪水。

…………

大刘，一个普普通通的中国人，他忠于自己的职守，更珍惜自己善良的天性，善与恶，他以朴实的人心做衡量的标尺，在疯狂的年代里，他保有着自己人心的光辉。

这些年，每次和陈沛一起，我们都谈过大刘，我提出一定要向大刘了解阿垅在狱中的情况，但陈沛告诉我说，大刘虽然已经退休，但他毕竟有职业责任，他曾经对陈沛说过，有的情况可以对陈沛谈一些，但他不能对我谈。为什么？陈沛回答不出来，我也不能再问，大刘是一个忠于工作的人，他已经做下了让我们钦敬的许多好事，为了他做的一切，我们将对他怀有永久的感谢。

而我更悟彻到人心的可贵，我常常回忆多少年来我心中的印象，世间的冷暖变幻莫测，而人们心间的温暖才是永恒的春天。

人心，中华民族最最可贵的精神财富，因为如此，善与恶才不被混淆，也只因为如此，世界才充满光明。

永远的笑容、永远的善良

——痛悼林斤澜

当之无愧的文学大师，大家公认的“短篇圣手”林斤澜先生走了，将他永远的微笑和永远的善良留在了人间。

林斤澜先生长我12岁，以作家十年为一代的传统，我视林斤澜先生为师长。只是林斤澜待人太随和，他永远的微笑，拉近了我和他的距离。

多少次参加文学界聚会，林斤澜总是将我拉到他的房间，和我长谈，谈得知心，谈得轻松，林斤澜从来不谈世事纷争，更不谈个人得失祸福，我偏执，每说起多年坎坷，难免有些愤愤，林斤澜听着，只是摇头叹息“你看，你看”。含蓄中充满着真诚的同情。

我和所有读者一样，对林斤澜的小说每篇必读。从他第一篇小说到他复出后的小说，尤其是他病后的几篇小说，可称篇篇精品，真到了出神入化的程度，读林斤澜的小说，走近他的心灵世界，你会发现一颗透明的心，这颗心灵拒绝污染，蔑视世俗，这是一颗闪烁着善良光辉的心灵。

市场经济破坏，作家走火入魔，难得林斤澜默默地坚守着文学的净土。林斤澜以“不上镜”，表态绝不落明星作家的泥沼。还和几位朋友约好，不和明星作家抢镜头。直到我这样的平平之辈，也感受到“不上镜”的清静。一次，一家电视台忽然关照我，要为我做一个专题，电话中我回答说，“不上镜”，竟然吓得电视制作人以为我是神经病，“怎么，不上镜？你知道吗，多少人托人情拜门子求我们的呀。”自然，我没告诉他，你找林斤澜先生去吧，他告诉我“不上镜”的。

林斤澜以他的风范影响了一代人，林斤澜的风范，就是面壁读书，潜心写作，坐在林斤澜对面，我常有一种奇怪的感觉，对面的林斤澜极像明清时代清高的雅士，和林斤澜先生在一起，一不谈宦海沉浮，二不议他人短长，三不谈恩怨是非。文坛本来是非地，林斤澜心中一片净土。

林斤澜先生曾经担任过《北京文学》主编，一次他向我谈起《北京文学》主编任上的几次风险，一次是一位青年作家的处女作，颇有文采，只是内容似是有些偏激，新时期文学创建伊始，正有人窥机想制造事端，面对有才华青年作家的破冰之作，许多在编辑工作岗位上的作家都感棘手。面对这种局面，林斤澜先生没有退缩，更没有冒险，林斤澜知道，扶植青年作家，不可以将他们推到风口浪尖，先要让他们立足文坛，然后再看他们发展。出于帮助青年作家的一片真诚，林斤澜将这位还没有出茅庐的青年作者请到编辑部来，和他一小节一小节地研究修改作品，即保持作品风貌，又避开可能招致来的风险，很是费了一些时间，林斤澜先生说，“终于看得过去了”，作品发表出来，果然引起巨大轰动，后来改编成电影，轰动世界，这位青年作家更渐渐成熟为著名作家。

前几天在网上看到这位青年作家悼念林斤澜先生的文章，情真意切，没有林斤澜，就没有后来写出传世作品的许多青年作家。

林斤澜和汪曾祺的友谊，在文坛传为佳话，一次在四川，汪曾祺被求字画的人围住，一幅一幅一直写到深夜，汪先生好脾气，有求必应，林斤澜看不过去了，那次我在场，我唯一一次看见林斤澜发火，他张开双臂将求字画的人拦住，大声喊着：“不写了，不画了。你们怎么可以这样！”林斤澜发怒吓退了好心的年轻人，汪曾祺先生也才突围出来。

更有一段笑话，我在场，林斤澜问汪曾祺：“怎么找你的电话总是打到我家？”

汪曾祺笑了笑，“我从来不给自己打电话，也不知道家里电话，有人问我电话，我就将你家的电话告诉人家，这样人家就找到我了。”

林斤澜天真，被人戏称老顽童，在我的印象中，其实林斤澜自己不“顽”，他和朋友天真地“顽”。还是那次在四川，大家坐在大巴里正觉得沉闷，有人让你要个人来疯，我自告奋勇表演了一段当年宣传队的节目：《学习白求恩》，放开嗓子我就唱了起来：“有一位老大夫名叫白求恩，家住在美国，是加拿大的人。”唱声未停，大家笑了起来，此时的林斤澜先生更是笑得前仰后合，大家笑了一阵，笑声止住，捂着肚子的林斤澜还在笑，笑得几乎不能克制，笑得眼泪都涌出来了，“哎呀林希，你可真是，你可真是……”

最后还是我劝住了林斤澜的笑声，我真怕那次林斤澜先生笑出事儿来。

迟来的祭奠

有机会到昆明，更难得有机会到地处祖国边境的腾冲小镇，对于我这样一个久居北方工业重镇的老人来说，真是一种幸运了。

腾冲距离缅甸几十里，腾冲许多小店铺是缅甸人经营的，我们去商店购物，当地朋友进门直呼老板“老缅，老缅”，可见大家相处的和谐，已经建立了深厚的情谊。

在腾冲几天，参观旅游，品尝地方美食，已经是贵宾级接待了。行程中当地朋友为我们特意安排了一项内容，拜谒腾冲抗日烈士陵园。

腾冲抗日烈士陵园，正名为腾冲国殇墓园，始建于1945年1月，占地80余亩，是腾冲人民为纪念中国远征军第二十集团军攻克腾冲阵亡将士而建立的陵园，也是全国建立最早、规模最为宏大的抗日烈士陵园。

关于中国远征军，很小的时候就听说过，那还是在沦陷时期，家人们时时极是神秘地传言着一些振奋人心的消息，此中有美国参战的消息，有太平洋战争的消息，一切消息中最令中国人骄傲的消息就是中国远征军抗日的消息。

抗战暴发，国民党节节败退，最后退到云南，为了阻击日本侵略者从背后的进攻，从1942年开始组建远征军深入缅甸、印度辗转作战。

1944年，为了打通中缅公路，开辟抗日运输线，中国远征军第二十集团军以六个师的兵力向占据腾冲达两年之久的侵华日军发起反攻，经历大小战斗80余次，终于将占据腾冲的侵华日军6000余人全部歼灭，收复了我国边陲重镇腾冲，在这次战斗了，远征军将士牺牲8000余人，其中包括许多高级将领。

腾冲，是抗日战争唯一从日本侵略者占领下收复的城市，当地朋友领我们去了怒江，为了阻击日本侵略者妄图从缅甸向大西南入侵的野心，远征军以6万人的兵力，将日本侵略者阻挡在怒江以北，站立在怒江岸边，看看滚滚东去的怒江水，当地朋友指着怒江南岸的大片土地，对我们说，当时就是在这一条长长的怒江岸边，演出了无数惊心动魄的浴血战斗故事，中华儿女在侵略者面前表现了大无畏的英雄气概，为捍卫祖国大好河山，许多人奉献出了宝贵的生命。

怒江水流淌过去，当地朋友对我们说，在抗击日本侵略者的日子里，怒江水曾经被抗日英雄们的鲜血染红，曾经被烈士们的鲜血染红过的怒江水，今天养育着云南边陲各民族勤劳的儿女，我们更体会到当年奉献出宝贵生命的青年战士，该是何等的英勇伟大。

腾冲抗日烈士陵园建在腾冲西南方向的一片青山坡上，远远望去，郁郁葱葱，青山环抱着一溪流水，描画着祖国大地的无限美丽，当这一片秀美的山河惨遭日本侵略者践踏的时候，当这一片土地上的父老乡亲遭受日本侵略者烧杀劫掠的时候，血性的中华儿女谁能无动于衷地苟且于个人的安危？“起来！不愿做奴隶的人们”，走进腾冲抗日烈士陵园，你才切身体会到这首伟大歌曲的精神内涵。

烈士陵园里的抗日战争纪念馆正在维修，热心的朋友恳请纪念馆领导允许我们这些远来的客人进馆参观，地方政府筹措兴建的纪念馆，虽然谈不上规模，但纪念里的陈设布置依然让人感到无比肃穆。一间间展室，保存着当年中国远征军将士使用过的枪支、子弹，穿过的军服，使用过的生活用具，更有几顶被枪弹射穿的钢盔，烈士们的遗物，引领我们走回当年战场上的硝烟，人们似又听到战士们杀敌的嘶喊，又穿行进昔日的枪林弹雨，重温一次为伟大祖国冲锋陷阵的神圣体验。

走出展览室，走进后山的烈士陵园，通往山顶的一条阶梯道路，两侧就是烈士们一排排的墓碑，小小的墓碑上刻着烈士的名字，烈士名字前面是他们的军阶，上等兵，上士班长，中士班长，没有年龄，没有籍贯，更没有照片。长眠在陵园里的烈士，大多是十几岁的青少年，没有家室，更不会有后人，我们向照看陵园的朋友询问，这些年，烈士们的亲属有没有来寻找他们的先人，照看陵园的朋友说，固然也有，但更多的烈士没有等来家乡的亲人，是的，当年这些铁血青年参军的时候都只有十几岁，他们的父辈已经作古，长眠在这里，就是永久的归宿了。

为祖国献出生命的烈士是不会被人遗忘的，我们来时，几乎每一方墓碑前都安放着一束鲜花，我们询问照看陵园的朋友，这些鲜花不是他们亲人奉献的吗？照看陵园的朋友说，是当地民众奉献来的，每年清明，当地的学生干部，工人居民都主动到陵园来祭奠先烈，照看陵园的朋友更告诉我们说，长眠在这里的每一位烈士，他们墓碑前面，长年鲜花不断，像他们的生命一样，永远盛开着无限的美丽。

在腾冲抗日烈士陵园，还长眠着几位抗日将领的遗骨，他们的墓碑前也安放着盛开的鲜花，腾冲人敬重每一位为抗击侵略者奉献出生命的战士，不问信仰，爱国一家，大家都是中华儿女，我们共同的信仰就是保卫祖国每一寸神圣的土地。

腾冲抗日烈士陵园是全民族共有的宝贵财富。这里记录着我们民族抗击日本侵略者光辉的过去，更昭示着中华民族辉煌的未来，在展览馆里，一个特殊的展区陈放着一些抗战时期缴获的战利品，其中一只被枪弹射穿的日本军用水壶，水壶上残留着一个番号。也是巧合，一次一些日本人来参观展览，一个日本人看到了这只水壶，再细看水壶上的番号，他惊呼这是他父亲的军号，后来日本方面来人向展览馆提出要求，要用重金买回这只军用水壶，展览馆的朋友们告诉我们说，“那怎么可以？这是我们中华民族抗击侵略者的历史记忆，无论你出怎样的重金，我们也不会让给你。”

今天，那只水壶还陈列在展览室里，述说着侵略者的耻辱和可悲下场。

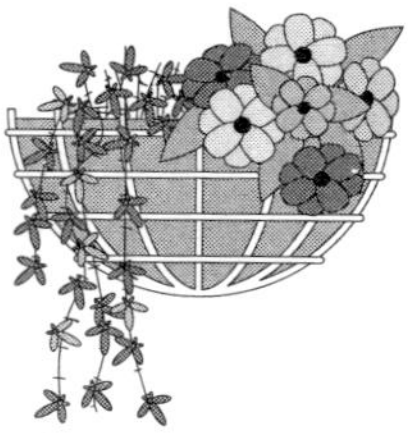

二·托尔斯泰之死

托尔斯泰之死

从莫斯科出发去图拉州亚斯纳亚波良纳镇有193公里路程，没有高速公路，旅游大巴整整行驶了三个小时，这对于已经习惯于高速公路的中国人来说实在不是什么享受。

只是因为要去托尔斯泰庄园，去瞻仰伟大的托尔斯泰，人们才兴高采烈，再有一路美丽的风景，倒也没有感觉出路途的漫长和寂寞。

托尔斯泰在自己的庄园里度过了一生的主要时间，他几部传世的小说，都是在这座庄园里完成的，住在庄园里，托尔斯泰避开了市间的喧嚣，避开了烦人的交际，安安静静地和他挚爱的人民在一起，沉浸在他美丽的小说创作中，享受着属于他的艺术人生。

关于托尔斯泰，我们知道得太多，读者也知道得太多，似是没有必要对托尔斯泰的生平和文学成就做什么回忆，大家只是想瞻仰这位曾经以伟大文学作品开启了我们智慧之门，启迪我们拥抱人类之爱的伟大作家生活过的地方，更去瞻仰伟大作家安息的墓地，是在梦想旅游俄罗斯之前就已经熟知的伟大托尔斯泰平静的墓地。

汽车终于在一片乡间广场上停下了，走下大巴，两座圆形建筑耸立在庄园外面，这里就是托尔斯泰庄园的大门。从外面看进去，庄园里一片郁郁葱葱，密密的白桦林凸显出俄罗斯乡间独有的美丽，一种沉浸在忧郁中的宁静，让人想到柴可夫斯基音乐的美丽旋律。是的，走进托尔斯泰庄园，耳际不仅回旋起俄罗斯音乐家的旋律。更让人联想起俄罗斯画家列维坦画作中迷人的画面。

庄园最外面，一片池塘，就是托尔斯泰少时和小伙伴戏水的地方，如今依然是一池碧绿的清水，水面上游着农户家养的鸭子，池边漫步着农户家养的老鸡，只看托尔斯泰庄园的自然景观，这里绝对不像是一座纪念馆，门外也没有任何标志，直到走进庄园，你还以为是在俄罗斯农村散步。

这就是托尔斯泰，他一生没有离开他挚爱的农民，一生没有离开他热爱的乡亲，绝对不像后来时髦人士那样，自我标榜山居，关注，却死赖在舒服的宾馆里或是住在高级别墅里远远离开他热爱的民众，只偶尔作秀亲自和民众在什么场合照一幅合影，以表示自己的血浓于水。

托尔斯泰以辛劳的文学写作为他赢得了崇高的社会声誉，并获取得到丰厚的经济收入，但托尔斯泰一生没有购置豪华马车，类如他的后代作家，拼命捞钱就为了买宝马，买个保时捷。他无偿地将庄园几百公顷耕地让给农民耕种。闲暇时间，他还和农民一起劳动，直到现在，托尔斯泰博物馆里还保存着托尔斯泰和农民一起劳动时使用过的长柄镰刀，就是我们在电影《静静的顿河》中看到过的葛里高利老爹收割苜蓿时使用的那种长柄镰刀。

托尔斯泰热爱劳动，绝对不是作秀，我们早就看到过托尔斯泰拉锯做木器活的照片，更读到过他缝制皮靴的趣事，托尔斯泰做了许多皮靴，自己穿不了，就送给乡里朋友，托尔斯泰博物馆里陈列着托尔斯泰自己制作的皮靴，手艺堪称精湛，质量绝对上乘。

少年时代读书，有两件事情不好理解，一件事情是普希金何以因为爱情去和一个流氓绝斗；第二件事是老托尔斯泰已84岁高龄，何以放弃一切财产，毅然出走，最后死在火车站上？熄灭了人类一盏伟大的理智明灯。

俄罗斯知识分子心灵世界不允许有任何一丝的伪善，他们以自己坚定的信仰教养民众，自己更是这一伟大信仰的忠诚使徒，普希金歌颂自由，歌颂尊严，他为自由而生，为维护尊严而死，如此，他毅然和一个小痞子决斗，也就可以理解了。

托尔斯泰同情苦难民众，同情弱势群体。他的同情绝对不是作秀，像后来某些明星那样，选一个民众出行的日子，选一个民众聚集的地点，带上大口罩，带上长舌帽，手拿竹夹，装疯卖傻地捡拾塑料袋，做环保表演，表演之后，回到五星宾馆，沐浴净身，聚众搓麻将。

俄罗斯知识分子自己信仰的一切，自己昭示的一切，正是自己实践的一切。托尔斯泰晚年最大的痛苦就是他厌倦了养尊处优的生活，他不止一次地向亲人们表示：“我的处境正变得而且已经变得令人无法忍受，我无法继续生活在曾经生活过的奢侈的环境里。”瞻仰托尔斯泰故居，托尔斯泰所无法忍受的奢侈，不外乎就是应得的经济收入，安谧的生活环境，远比不上后来痞子们“本色人生”的“简朴”，托尔斯泰没有收藏名酒，没有厨师侍候，不参加名流聚会，不参与高消费，托尔斯泰住在乡间，过着和农民一样的生活。就是这样，他已经厌倦了托尔斯泰式的“奢侈”，托尔斯泰纪念馆里的一切，向我们昭示着作家伟大的人格境界，托尔斯泰文学的真诚和生命的真诚，告诫每一个选择文学为生命的作家，作家的事业实践着作家自己的生命真实，作家的事业一旦沦为伪善的表演，即使因此可以获得一切，最后也必被历史视为垃圾。

走出隐于白桦林间的纪念馆，要去瞻仰托尔斯泰墓。

托翁于出走前夕，三位农民来他家，托翁对这三位农民说：“你知道我想出了什么主意了吗，我向诺维科夫谈了处境之后，我要到他那里去。在那里谁也找不到我，他兄弟有一个酒鬼老婆，只要她一胡闹，他兄弟在她背上揍一顿，她便老实一点，真管用。”听来似是笑话，但可以看出托翁真诚的心态，我们中国人说是童心未泯。可贵的天真，才是一位作家最高的精神境界。

10月31日，托翁在出走途中稍感不适，病倒在火车上，车站站长将托翁接到自己家中，宪兵军士向沙皇政府报告，“作家托尔斯泰乘坐12次列车病倒了，站长奥佐林将他接到家去。”

自此，托翁再没有站起来，他向赶来照顾他的女儿说：“我只想劝你们一点，除了列夫·托尔斯泰，世上还有许多人，而你们只想着列夫·托尔斯泰一个人。”并且嘱咐他的女儿说，自己死了之后：“用最便宜的棺材，为我做最便宜的墓地。”

托尔斯泰的遗体安葬在托尔斯泰庄园后面的一片树林间，这片树林的高树是他生前一棵一棵栽种成活的。托尔斯泰的祖母曾经告诉托尔斯泰说，种下树木的地方，就是幸福的地方，托翁记着老祖母的告诫，嘱咐女儿把他安葬在自己种下的树林间。

托尔斯泰墓地，没有墓石，更没有任何标示，就是一座长形的坟墓，浓郁的林间长眠着一位影响了世界的伟大作家。恭立在托尔斯泰墓前，任何人都不可能平静，以托尔斯泰、普希金、陀思妥耶夫斯基为代表的一代伟大俄罗斯作家，他们在作品中塑造的艺术形象，即是他们对于被侮辱和被损害者的深切同情，更是对作家自己的人性呼唤，他们在作品中对于丑恶和罪恶的揭露，更是对自己严酷的心灵拷问，这也正是伟大作家和畅销书写手们的根本区别，更是历史和时间对于作家严酷筛选的标准。

在托尔斯泰墓地前面，我们看到了了前来瞻仰托翁的年轻人，更看到了许多乡间老妇，托翁属于俄罗斯，属于全人类。

托翁墓地朴实无华，奥地利作家茨威格曾经写道，托尔斯泰墓地是“世间最美丽，给人印象最深刻的、最感人的坟墓”。

涅瓦大街的怀念

苏联解体，乌克兰成为独立主权国家，不知道乌克兰学者和俄罗斯学者之间有没有就果戈理的国籍归属发生过争执，严格说，果戈理1809年4月出生于乌克兰波尔塔瓦省米尔戈罗德县大索罗庆采村一个地主家庭里，无论他的祖先是来自俄罗斯的移民，或者就是土生土长的乌克兰人，至少按照出生地获得国籍的法律默契，人们追溯果戈理的国籍归属，绝对不可无视他出生于乌克兰的事实。

但是有一个不争的事实却是，果戈理属于圣彼得堡，果戈理从圣彼得堡的涅瓦大街走上俄罗斯文坛，俄罗斯圣彼得堡的涅瓦大街因果戈理而享誉世界。

涅瓦大街是圣彼得堡最繁华的商业大街，但它并不像北京的王府井，或者是莫斯科的阿尔巴特大街，再或者如纽约的第五大道那样充满着商业大街的浮躁气息。就是今天俄罗斯已经进入了市场经济时期，圣彼得堡的涅瓦大街也还稍嫌商业气息欠浓，圣彼得堡的涅瓦大街更像一条学府街，安详，宁静得像是一座大学的校园，走在大街上的现代俄罗斯人，也带着三分书生气，没有逛商业大街那种东瞧西望的神色。也很少有人说说笑笑，人们都带着三分矜持，也正好绝配着涅瓦大街的儒雅遗风。

在涅瓦大街想起果戈理，是从参观普希金旧居引起的，在普希金旧居陈列室里，有一个房间专门布置着普希金和果戈理的交往。

1828年，果戈理来到圣彼得堡，先是读书，后来谋得一个小公务员的职位，而正是这个小公务员的职位，却几乎断送了果戈理的文学天赋。定居在圣彼得堡，庸庸碌碌的生活使果戈理大失所望，他在给母亲的信中写道：圣彼得堡的“人民死气沉沉”，“到处是职员和官吏，人人都在谈论自己局里和部里的事情，垂头丧气，整个社会陷入了清闲和猥琐的工作中”。对于一个文学追求者来说，在圣彼得堡感受到一片死气沉沉，心情绝对极度压抑。只有当果戈理在圣彼得堡住了五年之后，他结识了许多作家，并开始了文学创作，才改变了他对涅瓦大街的情感。

1931年，果戈理出版了他的第一部小说集《狄康卡近乡夜话》，并获得强烈反响，从此步入文坛。也从此，果戈理对圣彼得堡产生了艺术家的情感，圣彼得堡涅瓦大街在果戈理的心里不再死气沉沉，而是充满着艺术活力的大街了。

果戈理的小说《狄康卡近乡夜话》，20世纪60年代初期中国出版过满涛先生的译本，译笔流畅，达到了信、达、雅的境界，在那个寂寞的日子里给过我阅读的愉悦。可惜那本书后来被烧掉了，新时期开始至今也没有见到再版，实在是一大遗憾。

《狄康卡近乡夜话》奠定了果戈理的文学地位，普希金对于这部书给予很高的评价，在给朋友的信中，普希金写道："我刚刚读完《狄康卡近乡夜话》，它使我吃了一惊。这是真正的、由衷的、自然而然流露出来的快乐，没有虚饰，也没有拘束。"别林斯基更认为这部小说是"我们文学中最不平凡的现象"。

1836年开始，果戈理旅居国外，他到过德国、瑞士、巴黎，最后迷上了意大利。

旅居罗马期间，果戈理获知普希金逝世的消息，这个消息使他受到巨大震动，"我的损失比任何人都更大。"果戈理写道，"没有他的劝告，我什么事情也不能着手，什么东西也写不出来。"三年后，果戈理回到莫斯科，开始写作《死魂灵》。普希金旧居纪念馆的讲解人介绍说，果戈理的小说《死魂灵》的情节是普希金向果戈理提供的，果戈理更是将《死魂灵》的写作当作是实现普希金的神圣遗嘱。小说《死魂灵》的成功，使果戈理成为俄罗斯文学的大师。从此果戈理的名字和普希金的名字像两颗星辰，永远闪烁在俄罗斯灿烂的文学星空，他们的作品被认为是人类宝贵的精神财富。

创作上的成功，走进上流社会，涅瓦大街在果戈理的心里变得可亲可爱，在一篇文章中，果戈理写道："最好的地方莫过于涅瓦大街了，至少在彼得堡是如此；对于彼得堡来说，涅瓦大街就代表了一切。这条街道流光溢彩——真是咱们的首都之花！我知道，住在彼得堡的平民百姓和达官贵人，无论是谁都是宁肯要涅瓦大街，而不稀罕人世上的金银财宝。"诚如果戈理所说，此时此刻，果戈理已经宁肯要涅瓦大街，也不稀罕金银财宝了。

在涅瓦大街上散步，参观过普希金旧居纪念馆，脑海里久久浮现着果戈理的笑容，涅瓦大街上耸立的果戈理的塑像，更使人深深怀念这位伟大的作家，涅瓦大街永远回响着果戈理的脚步声。就是到了今天，只要你走上涅瓦大街，好像随时都可能突然看见果戈理正在涅瓦大街上散步。涅瓦大街和果戈理的名字连在一起，果戈理永远活在俄罗斯人的血脉里。

回到莫斯科，瞻仰新圣女公墓，一座墓葬地前耸立着果戈理的雕像，平和，可亲，永远的幽默，让人感到可亲可近。碑石上摆放着束束鲜花，寄托着俄罗斯人对果戈理的怀念。将鲜花摆放到果戈理墓前的俄罗斯人显然不是果戈理的后人，这些鲜花显示着俄罗斯人对果戈理的无限怀念，更显示着果戈理对俄罗斯人的无限挚爱。

一颗敏感、仁爱的心

俄罗斯伟大作家伊万·屠格涅夫出生于1818年11月9日，殁于1883年8月22日，在他下葬的那一天，万千民众赶到墓地，哀悼人们敬重的伟大作家，更有民众散发传单，传单上写着："我们热爱屠格涅夫，不是由于他优美的文笔，不是由于他对自然景色诗意、生动的描写，而是因为他是理想诚实的预言人，是无比的、俄罗斯理想的歌颂者。"

这就是民众敬仰屠格涅夫的原因，更是历史对屠格涅夫的最高评价。

屠格涅夫在中国拥有广大的读者群，每一个人都有他喜爱屠格涅夫的理由，我们这一代文学青年，有人喜爱他的小说，而在喜爱屠格涅夫小说的人们之中，有人喜爱《前夜》，有人喜爱《罗亭》，有人喜爱充满理想主义色彩的《父与子》，而我更喜爱屠格涅夫的《猎人笔记》，它将读者带到俄罗斯美丽的白桦林，带到俄罗斯梦境般的自然景色之中，它充满着浪漫气息。直到现在，我每年都要重读一遍屠格涅夫的《猎人笔记》，每次重读都带给我新的愉悦，都带给我新的温暖和新的感动。

从莫斯科乘快速火车去圣彼得堡，六个小时的路，沿途绵延不断的白桦树林，郁郁葱葱，让人联想起屠格涅夫笔下的俄罗斯风景，联想起柴可夫斯基的旋律，联想起俄罗斯画家列维坦的画作。将近傍晚，茂密的白桦林披着落日的余晖，看着火车窗外在风中摇动的树梢，更给人一种忧郁、宁静的感觉。

每次读《猎人笔记》，其中的《白净草原》都给我无上的阅读愉悦，像读一首美丽的诗，像看一幅美丽的画，带你走进俄罗斯腹地美丽的草原，带你一起感受俄罗斯夜色宁静的美。带你和屠格涅夫一起去打松鸡，一起在夜雾中迷失在白桦林里，一起在密密的树丛间穿行，一起昂望星光辨别方向，一起被湿湿的雾气笼罩，一起无望地在夜色中寻找火光。

屠格涅夫笔下的俄罗斯风光，凝聚着作家对于家乡的热爱，这种对于土地乡亲的挚爱，熔铸在作家的血脉之中，不是技巧，不是营造的艺术气氛。《白净草原》，迷路的屠格涅夫与其是惊慌，倒更是一种享受，夜色中他听到种种生命的声音，听到风声，听到夜的声音，他在寻找道路的焦急中感受到家乡土地的无限美丽，屠格涅夫在享受对于家乡的爱，屠格涅夫在享受俄罗斯富有的美丽夜色。

而在如此美丽的夜色中，屠格涅夫看到了白桦林中的一堆篝火，看到了光影中走动的孩子，听到了篝火旁孩子说话的声音，听到了那种穿透夜色，更搅动了夜色的童雅声音，屠格涅夫走到孩子群中，是“附近村庄看守马群的农家孩子”，几个不知道什么是作家，更不知道屠格涅夫是何许人也的孩子，他们和屠格涅夫一起围着篝火坐下，向屠格涅夫说着村里种种奇怪的传说。

屠格涅夫怀着极大的兴趣听着孩子们述说的奇谈怪事，在孩子们的奇谈怪事中，屠格涅夫发现了一颗颗童真的心灵，发现了聪明睿智的生命。《白净草原》就是在诗意的美丽景色中，展现了俄罗斯农民心灵深处最美好的情感，展现了反对农奴制度的人道情怀，展现了俄罗斯知识分子崇高的精神世界。

屠格涅夫出身于贵族世家，他自己更是一个世袭贵族，但屠格涅夫对于农奴的同情绝对不是感情恩赐，更不是贵族们对于底层民众的怜悯，在屠格涅夫身上体现的俄罗斯知识分子精神，是一种追求社会公平，向往社会正义的伟大理想，以屠格涅夫的身世背景，以他的文学地位，他似是大可不必去惹怒沙皇统治，而沙皇所以把屠格涅夫视为是一种可怕的威胁，最后将屠格涅夫拘禁，并送回家乡软禁，也正是因为体现在屠格涅夫身上的知识分子精神。就是在家乡遭受软禁的日子里，屠格涅夫依然不放弃自己的信仰，更写下了反对农奴制度的不朽小说《木木》，坚守伟大的人道主义理想，实践坚定的崇高信仰。

屠格涅夫《猎人笔记》的出版，引起巨大的社会反响，更给俄罗斯统治集团造成巨大的精神威胁。沙皇俄国的教育部长向皇帝报告说，《猎人笔记》大部分文章带有“侮辱地主的绝对倾向”，在《猎人笔记》一书中，地主“不是被表现得很滑稽，就是常常被弄得极不体面”，为此，沙皇尼古拉一世一怒之下把审查《猎人笔记》一书的官员炒了鱿鱼。

反对农奴制度的社会力量，使沙皇感到巨大压力，沙皇统治者，尼古拉一世不得不承认，农奴体制“从上面解放比等待从下面推翻要好些”。

从屠格涅夫身上看到的俄罗斯知识分子精神，是一种超越财富状况，超越社会等级观念的社会理想，更是一种坚定的自信，一种坚强的意志和精神毅力。这种知识分子精神正是俄罗斯社会最宝贵的财富，也是一个国家自立、自强的坚实精神力量。

我下榻于莫斯科宾馆，每次出行都要经过一条安静的大街，街道很宽，毗邻着一幢幢的楼房，车子行驶在这条大街上，突然陪同我们的俄罗斯朋友指着一幢深橘色的楼房告诉我说，这里就是屠格涅夫原来住过的房子，在这套住房里，屠格涅夫完成了他的小说《木木》。隔窗向外看着，屠格涅夫旧日的住房就在触手可及的窗外，似是一伸出手就可以触摸到墙壁。只是我想，过去读书，知道屠格涅夫是在被软禁的乡间完成《木木》写作的，怎么俄罗斯人会说屠格涅夫在这幢莫斯科住房里完成《木木》写作的呢？不过也可以理解，小说虽然完成于乡间，但屠格涅夫是在回到莫斯科之后才得到出版机会的。

晚上，在屠格涅夫大街漫步，安宁的大街不见几个人影，走在静静的大街上，似是有重重的脚步声随在身后，我知道这只是一种幻听，不必回头寻视，我已经感觉出跟随在身后的脚步，正是那个善良忠厚的老农奴木木。高高的身躯，沉思般的眼睛，没有多少话语，只是一颗善良的心。木木活着，每天夜里漫步在屠格涅夫大街上，陪伴每一个来这里追思屠格涅夫的人，陪同每一个来这里探究俄罗斯知识分子精神力量的后来者。

一颗敏感、仁爱的心，闪烁出无限的道义力量，闪烁出未来历史的光明，闪烁出人类崇高的理想。

崇高的苦难

2007年，我的俄罗斯文学之旅是从到圣彼得堡参观陀思妥耶夫斯基故居开始的。

巴士停在一条并不太宽的马路边，一处位于街道拐角的房子，显得狭窄些的房门，低于道路的几级台阶，门开后，只能走下一个人，走进门来，狭小的前厅空间也不大，立即走进正室，这里就是俄罗斯伟大作家陀思妥耶夫斯基的故居了。

陀氏故居门外，街道古朴，民居毗邻，并不见豪宅，附近有一家大农贸市场，故居对面，一家音像店，表明此处已是平民区，街道铺着有轧电车道，不时有电车驶过，响着旧式铃铛，令人感到甚是亲切。

少年时期读书，深深被陀思妥耶夫斯基的作品感动，那时候读书只是快乐事，对于作品的思想艺术内涵极少深刻思考，只是抱着敬畏的心情阅读俄罗斯古典小说，对我最具震撼的两部作品，一部是托尔斯泰的《复活》，另一部就是陀斯妥耶夫斯基的《被侮辱与被损害的》。

陀斯妥耶夫斯基的小说《被侮辱与被损害的》里面描写的旧俄罗斯底层人民的苦难，使我终生感动。多少年，小说中无助少女的呼叫声，一直回响在我的心际，那种鞭打肌肤的声音，那种求救的呼叫声，使我多少年不得平静，绝不仅仅是苦难中的心灵相通，而是一种崇高的人道精神。一种对于弱者的同情，一种对于黑暗与强暴的仇恨，如此才使得陀思妥耶夫斯基作品具有强大的艺术感染力，也才能够打动读者的心。

说来惭愧，对于陀思妥耶夫斯基的作品，虽然几乎全都读过，但还是表层的感动重于深层的探究，陀氏的小说，有故事情节，人物形象鲜明，应该属于好看小说一类，读来十分轻松，但到了陀氏后期的小说，深重的宗教色彩，实在令人望而生畏。他的《卡拉马佐夫兄弟》，读了几次，都没有读完，直到后来偶然机会看了一部根据小说改编的电影，才算大体知道这部小说的内容，而对于其中深奥的宗教思考，直到现在我也是不甚了了。

陀氏作品的宗教色彩，对于我们这一代激进少年来说有接受障碍，我们把陀氏小说看成阶级教育辅助教材，从中解剖统治阶级残酷本性，更认识底层民众痛苦命运。小说《被侮辱与被损害的》，被我们看作是揭露资本主义罪恶，描写底层民众受压迫受剥削苦难人生的阶级教育读本，至于陀氏作品中伟大的人道主义精神却被我们忽略了。

阶级学说的局限，使我们不能真正理解陀氏的小说，陀氏小说，在巨大苦难的背景下，展开着情节和人物命运，而我们多年对于陀氏小说的解读，也就只是停留在这个表层上面，至于陀氏小说人物超越苦难命运之后，所到达的灵魂彼岸，却被阶级学说阻隔在了我们的认知之外。

陀氏一生贫穷，他的故居，其实只是他最后租用的一套房子，他不像托尔斯泰那样，有自己的庄园。也不像普希金那样，在美丽的涅瓦河畔有自己的别墅式住宅。陀氏一生贫穷，先是身陷囹圄，后来写作，虽然收入不菲，却又染上赌博恶习，赌了大半辈子，输了大半罪子，还了大半辈子赌债，自然又穷了大半辈子，一生也没买下住房，一直租房住在圣彼得堡。直到后来被设为陀氏故居纪念馆的地方，却原来是他最后租住在一套住房。那房东沾了名人的光，也不幸被征用，以现在俄罗斯的地价，在那地方建起公寓，据说每平方米的售价高达二万美元。

陀氏故居，布置成原来陀氏居住的样子，起居室、书房、客厅陈列都很别致，使人感到非常舒适，陈设之外，布置着许多评论家对于陀氏作品的评价，最先发现陀氏才华的，应该是俄罗斯人道主义文学评论家别林斯基，陀氏从事专职写作，第一部小说《穷人》出版后，并没有引起业界足够的重视。是别林斯基第一个向社会介绍了这部小说，别林斯基评论说，小说

《穷人》是俄罗斯“社会小说的第一次尝试”，由此奠定了陀氏在俄罗斯文学界的重要地位。别林斯基发现了陀氏，陀氏后来的小说远远地超越了社会小说的界定，直到西方文学评论家一致认为，就艺术而论，只有莎士比亚可以和陀氏相提并论。

只是后来陀氏不同意别林斯基的社会观点，两个人分道扬镳，陀氏对于别林斯基激进的社会观点不能苟同，陀氏以宗教思想诠释社会人生，从此开始了他后期的写作事业。

青年时期，陀氏的精神和肉体经历过巨大的挫伤，他因参加反对农奴制度，被沙皇判处死刑，直到送到刑场等待行刑时才获得大赦，并被判处流放，送到西伯利亚服了四年苦役。陀氏故居里有一张大木案，木案上陈列着一条铁链，当年服苦役时陀氏脚上就是锁着这样的脚镣劳动的。后来陀氏写了一部名为《死屋》的小说，在这部小说中，陀氏记载了苦役们的苦难生活和精神磨难。

站在木案前面，我伸手去触摸铁链，一种冰冷的感觉直渗入我的骨髓，这种冰冷的感觉将我带到西伯利亚陀氏服苦役的囚牢，也使我更深刻地理解，陀氏后期作品中对于苦难的刻画何以如此震撼人心，我也更理解陀氏作品艺术生命的秘密。

陀氏小说里的主人公备受苦难折磨，陀氏小说将读者带进到野蛮、残酷、丑陋的世界，将读者带进到但丁的“地狱”

里，而陀氏的苦难所以是高尚的苦难，就是通过苦难的炼狱，陀氏更将读者带进到人道主义的精神圣地，将读者带进到陀氏崇高的精神家园。

苦难培育了坚强，苦难造就了高尚，陀氏作品强大的艺术力量，和陀氏的苦难经历是分不开的。一个人为了追求民族解放，为了追求社会进步而经历苦难，这样的苦难一定会给人以丰厚的回报，更会将一个人造就成真正的强者。

苦难是陀氏崇高的精神财富，陀氏的苦难引导人们深刻反思，引导人类去追求光明，追求正义，追求美丽的未来。

苦难，是不可回避的人生历程。而苦难所能通达的彼岸，不同人却有不同的终结。默默吞噬苦难的人是弱者；贩卖苦难，借以跻身既得利益集团，去分得一杯残羹的人是市侩；更有历史狂人，苦难养成他反人类的仇恨，一旦达到他梦寐以求的巅峰，他立即显露出疯狂的本性，而对人类进行毁灭性的报复。

世界上，苦难造就过许多伟大的精英，更有一些人将苦难铸为火种，燃烧自己，照亮世界，如此，苦难才成为一种财富，陀氏以苦难唤醒人性，唤醒道义，陀氏的苦难才照亮了过去，更照亮了未来。

我们正聚精会神听解说人员的讲解，窗外传来有轧电车行驶的声音，解说员停下解说，对我们说，陀氏的后人是有轨电车驾驶工，可能此时此刻他正开着有轨电车从他祖先故居门外经过呢。听着解说员的解说，我转身向窗外看去，有轨电车已经驶远，却没有看见陀氏后人的身影，说来也是一种遗憾了。

永远的红场

我走下巴士，一片炽热的红色扑来，抬头望去，似是一幅油画不仅占据了我的视野，并立即充满了我的心灵，占据了我全部的生命空间。这就是红场，那处自幼燃烧在我心灵中的红场，那处见证了人类历史上辉煌动荡的红场，那处耸立着一个英雄民族形象的红场，那处给人类带来希望，又牵动过全人类憧憬和情感的红场。

幼年时期，中国大地刚刚升起黎明前的曙光，在热血少年的读书会上，在白色恐怖的校园里，憧憬人类美好未来的少年学生们，已经将人类美好未来和希望和红场联系在了一起。冲破白色恐怖的围墙，铁血少年梦中神圣的向往，一个是远处的延安，一个是遥远的红场。那时铁血少年们神话一般寻找通往延安的道路，更神话一般地编织着步向红场的梦幻。

红场，红场，红场是伟大历史动荡的见证，红场上耸立着抵抗法西斯强盗入侵、不肯低头的英雄民族的钢铁脊梁，亲历过残酷战争的人们记着，正是在中国大片国土沦陷的艰难日子里，悲壮的红场阅兵向全世界发出了正义必胜的时代强音，尽管那时我们年龄尚小，不谙世事，但从父辈们目光中闪动的光芒里，我们也获得民族复兴的力量。红场距离我们很远，但在艰难的年代里，红场就在我们的心中。中国人，年老的中国人，那时还年轻，甚至尚在年幼的中国人，红场绝不仅仅是一个地理概念，红场是正义，红场是力量，红场是胜利和希望。

而此时此刻，红场地面的方砖就在我的脚下，梦境中红场高砖已经触手可及，宽阔的红色广场就在我的视野之内，象征着一个伟大时代的伟人墓地，就在我的眼前，抬头仰视高高的圆形教堂屋顶，俯身低视红墙外宽阔马路上的车水马龙，耳际是游人们的欢声笑语，广场边上是欢跃的市场摊位，一时之间令人眼花缭乱的景象，将我带入少年时期向往的梦境，又将我带入变幻莫测的生活现实，我心中只在默默地私语，红场，红场，永远的红场。

今晚，红场有公益演出，据当地人介绍，俄罗斯艺术家们经常在红场举办义务演出，应邀演出的多是著名艺术家，不售票，绝对是顶级的艺术表演。为了晚上的演出，红场四周用栅栏围住，游人不得进入红场，将要举办演出的红场，正在摆放座椅，正在搭建舞台，我们只能远远地瞻望红场，只看见一位穿着红背心的老妇人正缓缓地走过红场，看得出来，她是一位环卫工人，稍显蹒跚的步履，微微佝偻的后背，我判定，这位老人一定亲历过俄罗斯近代的苦难和欢乐。听不到她的脚步落在红场方砖上的声响，但我已经感受到她蹒跚的步履唤响的历史记忆，俄罗斯人的脚步叩问红场每一块方砖，红场上每一块方砖更在反思历史走过的每一寸道路。

缓缓走过克里姆林宫外高高的围墙，前面一面人墙遮住了我的视野，稍稍走过去，透过人墙的缝隙，清晰地看见一团地火正在熊熊地燃烧，不必询问，我已经知道这里就是红场的无名烈士墓，走近看去，熊熊燃烧的火簇后面静静地横卧着一具象征性的棺木，棺木上敷盖着一面旗帜，旗帜上一只永远的钢盔，记忆着在伟大卫国战争中献身的无名烈士。

对于俄罗斯伟大的卫国战争，我们像对中国抗日战争一样熟悉，少年时期阅读的苏联卫国战争小说，早把我们带进了那个浴血的年代，这些小说培育了一代中国少年的爱国热情，培育了一代中国少年的英雄品格，后来筑于红场上的无名烈士墓，更早就成了我们新一代中国年轻人仰慕的圣地，长眠在这里的成千上万无名烈士，是人类最伟大的青年精英，他们为保卫祖国献出了年轻的生命，他们更以自己的鲜血为自己的民族写下了最光辉的历史篇章。

默默地站在无名烈士墓前，我激动得热泪盈眶，看着守卫无名烈士墓的英俊俄罗斯战士，心中更升起对于无名烈士们的敬仰。一个造就了一代为国献身青年的民族，是不可征服的。

一个造就了一代敢于以鲜血和生命保卫祖国青年的民族，无愧于强大民族的桂冠。

正在沉思之时，突然发现人们的目光转向一侧，随着人们的目光望去，三名守卫战士，正踏着庄严的步伐走了过来，正是无名烈士墓换岗的时间，三名战士，手持武器，挺身正步，脚下的皮靴叩响无名烈士墓地的砖石，沉重的脚步声，也许就是宣言，宣言后来的年轻人不要忘记历史，更警告一切狂人不要忘记可耻的教训。

下岗战士的身影刚刚消失，人们突然闪向两侧，让出一条宽宽的道路，正在我四方巡视的时候，几辆汽车停在红场对面，车门打开，一位身着笔挺西装的男青年走下车来，随之后面一辆汽车也打开了车门，男青年走过去，从车里迎出来一位身着洁白婚纱的姑娘，恰这时，一位看似新婚男女朋友的青年，拉着欢快的手风琴，跟在新婚男女的身后，缓步向无名烈士墓地走了过来。

俄罗斯青年的新婚习俗，不去宾馆举办婚礼，不去饭店大摆酒宴，婚礼多在富有纪念意义的地方举行，而更多的年轻人选择在红场无名烈士墓地举办婚礼。在众人的目光下，欢快的手风琴乐曲伴随着新婚男女走到无名烈士墓前，严肃地向无名烈士墓鞠躬，献上他们带来的一大簇鲜花，然后朋友们一片欢呼，新婚男女拥抱亲吻，婚礼结束，又是欢快的手风琴欢送他们去旅游胜地享受幸福的蜜月。

红场，红场，永远的红场，历史已经选择了理性，战争可能就要成为过去，但红场永远展现着庄严的风姿，无名烈士墓地上的火焰更将永远燃烧，红场带给人们更多的思考，也带给人们更多的希冀，红场已经成为人类宝贵的精神财富，红场，红场，永远的红场。

浮光掠影莫斯科

2007年，俄罗斯举办中国年。随团参加活动，代表团规格不高，没有受到特殊接待，行动极是随意，参观游览，逛大街，挤地铁，进小超市，买方便面，买面包、火腿，和普通俄罗斯人相处，日子过得很是惬意。行色匆匆，也留下许多印象，这些印象的可贵就在于没有外交礼仪，没有修饰装点，无论你走到哪里也没人把你当宾客，买东西和莫斯科人一起排队，地铁车厢里和莫斯科人挤在一起，有人给你让座，因为看你年长，不是把你当外宾，站着不抱怨，坐着心安理得，感觉很是舒畅。

莫斯科人“老子天下第一”，不拿外宾当回事。虽然才到莫斯科，走在街上，人们以为你至少在莫斯科住了好几年，没有人多看你一眼，也没人向你微笑。住在宾馆，已经是五星级的宾馆了，也没人为你拉门，更不像我们这里的高级宾馆那样，成排的礼仪小姐向你表示欢迎。莫斯科的总统饭店，已经就是顶级宾馆了。进门，看过你的请柬，走过旋转门，没有人为你引导，想上楼，自己往上走，不想上楼，爱坐在哪里就坐在哪里。即使在美国，这类宾馆看见客人也要有人过来问问你：“需要我的帮助吗？”莫斯科不玩这一套。宾馆里身穿制服的小姐很多，没人理你，都知道，你不傻，也不呆，想去哪里，进来参加什么活动，你自己还不知道吗？

在莫斯科逛商场，自在舒适，走进商场，没有人莺声燕语地向你说“欢迎光临”。站在柜台前，也不像美国那样，售货员过来对你说：“我可以帮助你吗？”更没有人向你推荐商品，什么也不买，绝对不会有人拿白眼珠子看你。

在超市购物，咱不懂人家的规矩，这时候俄罗斯商场塑料袋已经收费了，买了一些食品，结算之后，看见售货员身后挂着塑料袋，我伸手就取过来一个，不料，“啪”的一下，售货员回手打过来，将我刚拿到手的塑料袋抓了回来。“卢布”，原来是收费的塑料袋。要钱好办，我历来的观念，无论什么事情，一提到钱，就算是了断了。只收一个卢布，小意思，下次再来，我就先付你一个卢布，然后再取塑料袋，免得你回手打我，吓人呼啦的。

出行，乘地铁，太方便了，而且莫斯科地铁简直就是一座艺术殿堂。但有时还要包车，一次，我们包了一辆大巴，可爱至极，一天早晨约定时间大巴来接我们，越等越不见大巴的影子，领队出去查看，说是远处停着一辆大巴，不知道是不是接咱们来的。大家说，是接咱们来的，司机一定会来和咱们联系。就这样傻等呀，等了一个小时，大家实在坐不住了，有聪明人出去向那辆大巴询问：“请问，你是什么什么公司派来的大巴吗？”司机不高兴了，“这些人太不守时间，我按时停在这里，怎么就没人出来联系。”两个大傻帽儿。

乘地铁方便，但租大巴看看市容，也是一种享受呀，只是莫斯科塞车实在太可怕了，每天塞车，每条街道塞车，不知道开到什么地方，塞住了，一动不动，也没有警察赶来疏导，那才是寸步难移。一天晚上赶火车，怕塞车，提前一小时出发，从宾馆到车站只有几公里路，塞在半路，愣等了将近一个小时，好不容易到了车站，车站特殊接待，让大巴直接开进站台，从大巴跳下来，一步登上火车，“咕咚”一下，火车开动了，好玄呀。

就是这次极限时速，倒体验到俄罗斯人的礼节，车子塞在半路上，和火车站联系好，大巴直接开进站台，人可以从大巴跳进火车，运行李的时间没有了。为我们做向导的俄罗斯作家，急中生智，立即给机关打电话，请几位青年作家到火车站帮助运行李。大巴开进站台，果然有几位青年人等在那里，还有人手里拿着鲜花，我们一行人跳下大巴，几位青年作家跳上车来帮助我们运行李，就在匆匆忙忙之间，我们几位女性作家，每人收到一束鲜花。大家心想，这么急了，乱乱的，免了吧。人家不行，接到要来车站帮助运行李的通知，先问清里面有几位女性，不向女性献花，是不礼貌的。

不去参观新圣女公墓，等于没到莫斯科。没有接待单位，门票要自己掏腰包，好在这一行人也不在乎这张门票钱，大家约定，到地方个人买票，别花公家的钱了。

新圣女公墓，前来参观的人非常多，我们一行人正走进排队购票行列，保安也许看我们人多，就悄悄对排在最前面的人说："你们若是人多，别买票了，一会儿有你们国家的领导同志来，他们是不收票的，等那边的小门一开，你们就跟着往里面走，多方便。"真是个好办法，立即大家得到通知说别排队了。

等了一会儿，那边小门打开了，一队小汽车"嗖"地开进去，咱们天国的领导来了。借领导的光，我们急忙排成一队，正儿八经地往里走，装作是中国政府高级要员的随行人员，多了点，排场嘛，人少了显得出官大吗？新圣女公墓的收票员知道我们是蹭票的，会意地向我们笑笑，放进去了。

俄罗斯人就是这样，特爱和领导同志玩幽默，你的官越大，他越爱逗你，我想，如果进商场买东西，正好遇见一位领导同志购物，大家一起刷卡消费，运气好，也许售货员会把你买的东西一起刷进领导同志的账里。

莫斯科胜利公园

俄罗斯令人流连忘返的展览馆、艺术馆、美术馆、著名作家纪念馆实在太多了，在俄罗斯住上一年，每天都往展览馆跑，最后当你离开俄罗斯的时候，仍然会为很多应该去参观的地方没有时间去看而感到遗憾。

对于我们这些经历过第二次世界大战的人们来说，去莫斯科第一要看的地方就是反法西斯战争胜利纪念馆。在俄罗斯，人们称作胜利公园。

第二次世界大战，俄罗斯人民取得反法西斯战争胜利，最后消灭了希特勒法西斯强盗，对于世界人民取得第二次世界大战的胜利起到了决定性作用，伟大的斯大林格勒保卫战，伟大的列宁格勒保卫战，不仅在世界战争史上留下了光辉的篇章，更使俄罗斯人民成为全世界正义人民英勇战斗的英雄榜样。

我们这一代中国人，亲身参与过抗日战争，也使我们对苏联人民反法西斯战争非常熟悉，就在战争残酷进行的时候，我们也无时不在关注着苏联人民反抗希特勒战争的进程，当年长达四十多天的斯大林格勒保卫战，系结着每一个中国人的希望，我们将斯大林格勒保卫战的胜利，看作是自己的胜利，看作是中国人民抗日战争的胜利，当斯大林格勒保卫战胜利的消息传来，我们第一感觉就是抗日战争胜利的日子已经不远了。

尽管那时候我们年龄还小，而日本占领军的强化治安又管制着电台，家里的收音机只能收听日本占领军的广播，但真实的消息还是能够穿过封锁，传到学校里，同学们嘁嘁喳喳的小声传播，机警，神秘，更令人兴奋。

终于，我在70岁的年纪，有幸到了莫斯科，来到莫斯科后最强烈的要求，就是去参观二战胜利纪念馆，俄罗斯人叫胜利公园，和知名的新圣女公墓享有世界级的声誉，来到俄罗斯，来到莫斯科，能够去参观胜利公园，那才真是不虚此行了呢。

偏偏不巧，赶上阴雨天气，穿过阴冷雨天的莫斯科街道，汽车向胜利公园驶去，正好，今天不会塞车，没有多少时间到达胜利公园，入口处排着等候进场参观的长队，不远处停着参观者的汽车，等待参观的人群长队中许多军人，英俊的俄罗斯青年军人，穿着漂亮的军装，排队等候在人群中，更多的是跟随家长远道而来的孩子，站在家长身边，一副严肃的神态，似乎知道今天他们要来参观的这个公园是一处神圣的纪念馆，俄罗斯人民神圣的情感，传导给孩子崇高的民族尊严和骄傲。

胜利公园占地135公顷，汽车开进公园，东拐西绕，很是走了一段路程，汽车在公园里穿行，道路两侧陈列着二战期间的坦克、飞机残骸，许多坦克飞机残骸上画着希特勒军队的标志，电影上看着似乎还有点吓人，画在这些残骸上面，就显得滑稽可笑，成了失败的标志。

自然是公园设计者的精心设计，战争中留下的苏联坦克、飞机残骸，停放得严肃庄严，看着这些残骸，令人想起战争中献身的英雄，更让人想起奔赴反法西斯战争前赴后继的英雄人民，再看到狼籍的法西斯坦克飞机残骸，才真让人感到侵略者的可耻下场，更让人感知到一切野心家最后必然遭遇失败的可耻结局。

关于苏联卫国战争，我们了解得实在是太多了，早在解放前我们就读过苏联描写卫国战争的文艺作品，再到解放后苏联文学被介绍到中国来，其中最畅销的小说几乎都是描写卫国战争的小说，再至于《日日夜夜》《青年近卫军》等小说，对于我们这一代人来说，几乎就是建树人生价值观念的经典著作了。再到后来，第三代、第四代，直到第五代苏联文学都给我们带来无限的阅读愉悦。许多苏联反法西斯文学作家，在中国已经是家喻户晓，中国电视人根据苏联战争文学作品改编的电视剧，使经历过抗日战争的中国人更感亲切。

应我们这些参观者的要求，汽车在胜利公园里缓慢地行驶着，每到一处展区，汽车稍稍停下来，给人们时间感受苏联卫国战争的残酷。看着狼籍在公园里的法西斯坦克飞机，有时也让人无法理解，何以战争狂人就如此丧尽天良，无端向平民发起野蛮战争，他们何以公然向比自己强大无数倍的国家和人民发起疯狂侵略？答案只有一个，就是这些野心家不仅丧尽天良，更丧尽理智。历史留下了法西斯强盗们可耻失败物证，更给维护和平正义的后人留下胜利的骄傲和对于人类未来的信心。

汽车停在展览大厅门外广场。走下车来，第一个进入视线的是反法西斯战争胜利纪念碑。雨一直不停地落着，广场上没有参观者，似乎是对我们远道而来的人们特殊礼遇，给我们足够的空间欣赏这座雄伟的建筑。

反法西斯战争胜利纪念碑，碑高141.8米，象征卫国战争进行了1418天。纪念碑为三棱状，好像一把苏联士兵的刺刀。在每个棱面上都刻有浮雕，表现苏联红军战胜法西斯的英雄场面。和纪念碑保持一些距离，想拍下纪念碑雄伟的磅礴气势，偏那天我的相机只装了一个长焦镜头，无论如何也收不进全景，最后只能分着照了几张照片，准备带回来使用软件拼接。

最为感人的还是展厅里的景象。一座座展厅里布置着当年残酷的战争景象，极大的展厅，围栏里面再现着战争场面，天上地上火光熊熊，无辜民众惊慌躲避飞机轰炸，入侵者的坦克推倒了民居，敌人在街巷间杀害平民，就是在野蛮的敌人对面，卫国战争的青年战士，向敌人发起猛烈反攻，密集的枪林弹雨之间是正义和罪恶的交战。

站在再现历史真实的展厅里，看着面前战火燃烧的景象，许多苏联卫国战争文学作品中的情景浮现在我的视野里，我想起《黎明静悄悄》里十位美丽善良的女性，她们也许就是在这样恐怖的现场献出了美丽的宝贵生命，我想起了《青年近卫军》中年轻的孩子们，他们也许就是伏在倒塌的建筑里向敌人掷去自制的燃烧弹，我更想起伟大作家托乐斯泰的名言："一个有伟大文化传统的国家，是不可被征服的。"

走过几个展厅，每一个展厅展示着战争中的每一个年代，凝视展台，每个展台都震撼着人们的心灵，走在展厅里，和参观的人们相视凝望，不需要语言，目光中流露着胜利的骄傲，一队年轻的俄罗斯士兵，走在我的身边，他们凝重的目光，告诉每一个人，俄罗斯人，全世界每一个人的爱国激情是推动世界前进的唯一力量，这种不可战胜的力量，保卫着全世界善良人民的和平生活，捍卫着世界的光辉未来。

战争已经成为历史，在下一代人的心中，战争已经成了抽象的概念。莫斯科胜利公园纪念的不仅是反法西斯战争胜利的历史，莫斯科胜利公园里，歌颂着正义和善良。生活在前进，历史选择了理性，世界选择了光明，想起我们今天和平的建设环境，想起我们国内的安定生活。我们更感觉到这一切真是来之不易，也更知道这一切是多么值得珍惜。

“文盲”逛书展

只认识32个俄文字母，一句俄国话不会说，居然大摇大摆地逛了莫斯科第20届书展，说起来也是有些荒唐了。

莫斯科书展规模很大，书展设在原来俄罗斯展览馆，占地说不上多少亩，反正俄罗斯有的是土地，逛一次书展足得要一天的时间，还就是走马观花。

不懂俄语，看什么书展，这就用上了咱们那句老话，内行看门道，外行看热闹。

说到书，咱不是外行，书展上还有一本书收录了我的一篇小说，绝对是俄文翻译的小说，人家指给我看的，作者名字，我看出来了，俄文拼音，是我的名字，还正儿八经地和读者对话。走下讲台，外行了，光看见各个展台上堆满了书，更看见展览大厅里人头攒动，许多展台被读者围得水泄不通，至于人们看什么书，选买什么书，那就看不明白了。

书展最大的看点，自然是卖书和买书。俄罗斯出版业非常繁荣，整个一片展区，除了中国主宾国的一个展区之外，全部是俄罗斯出版界的展区，一个展台连着一个展台，数也数不清。有的展台很大，看得出来是大出版社，有的展台极小，最少的只摆着十几种出版物，即使如此也非常庄重，绝无敝帚自珍的寒酸相。最令人钦佩的是一位女博士，身穿博士服，头顶博士帽，怀里抱着一本书，封面向外，显然是她自己的作品，潇洒地在展区内走来走去。她租不起展台，只有一本书也不必租展台，她就是自己推销自己的出版物，也很吸引人。

说到出版业，俄罗斯的印刷水平果然不低，所有出版物都是硬板纸封面，印刷极是精美，除了技术类书籍，或者是纯理论性书籍，为了显示其严肃性，封面不想花哨，一般出版物绝对都以精美的封面吸引人们的眼球。就是宗教类书籍，也改变了旧时只用宗教画做封面的老做法，一些现代派封面已经开始引入宗教类图书，看着果然新鲜。

展区另一最大的看点，还是俄罗斯民众普遍的读书热情，赶来参观书展的民众，有老人、青年，还有许多残疾人，而且绝对不是光逛不买，临到出去时，人人大包小包地提着才买到的新书，目光中充满着得意的神色。

看不清人们都买了一些什么书籍，但看展台，经典作品展台前总是被围得水泄不通，我也凑过去看了看，以我仅有的俄文水平，看明白封面上印着艾赫玛拖夫、帕斯捷尔那克和俄罗斯古典文学作家的名字，俄罗斯读者对于经典作品的情有独钟着实令人起敬。

再一个大卖点是儿童读物，展区内儿童读者的展台前面，永远是人山人海，出版物更是琳琅满目，从一两岁到儿童、少年，每个年龄段都有不同的书籍，和中国一样，《哈利·波特》在俄罗斯也掀起了青少年读者的阅读热，卖《哈利·波特》展台的旁边。穿着黑色长袍，头戴高礼帽的哈利·波特们穿梭走动，引导人们去购买新出版的《哈利·波特》俄文版。

《哈利·波特》的专卖展台，没有什么可看的风光，俄罗斯作家们原创的儿童读物才更具有吸引力，带孩子来看书展的家长们，经不住孩子的磨缠，挤在展台旁边，一本一本地为孩子选购图书，没带孩子来的成人，也围在儿童读物展台前挑选读物，要回家带给孩子一个惊喜。我经不起诱惑，挤在人群里为小孙女选了几种读物，当然不是俄文书，是那种展开就是一个立体画面的图书。几乎没有文字，就是一种玩具，小孙女住在美国，美国很多这类出版物，但爷爷游了一趟俄罗斯，不给孙女带回一点惊喜，实在也是情理难容了。

以我仅有的文字能力，在展区内转了转，俄罗斯似是“戏说”之类的出版物并不多。一个展台围的读者很多，挤过去看了看，是新小说作品，作者多是刚登上文坛的作家，知名度不高，作品也没有一夜走红，但围在展台四周选购的读者很多，俄罗斯读者于经典作品之外，对于新出现的作家和他们的作品寄予厚望，俄罗斯严肃文学，依然沿着现实主义的主流健康发展，好像他们没有什么这个“后”、那个“后”，文学给予读者的永远只是艺术享受。

展区内一个很显著的位置有一个很大的展台，许多人满满地挤在展台里，人人几乎都蓄着长胡须，戴着黑色礼帽，看得出来，是犹太人，这个展台陈列的也都是犹太图书，这些人绝对不是旅游者，他们许多人已经在俄罗斯定居，有的已经是第二代、第三代，展台老板为犹太裔读者准备了咖啡，小甜食，读者们坐在展台里，轻声地和出版家，也许还有作家们促膝交谈，气氛安详和谐，也极是亲切。犹太裔移民在现在的俄罗斯生活得十分安详，只是任何一个民族，他们的文化精神是不会被同化的。看到俄罗斯读者近乎狂热的读者热情，不由我想起托尔斯泰的一句名言：“一个有深厚文化传统的民族是不可能被征服的。”

俄罗斯读者对图书表现出来的热情令人备受鼓舞，中国展区陈列着中国许多出版社出版的中文图书，也有一些俄文翻译图书，我原担心俄罗斯人没有兴趣，但来到中国主宾国展览区浏览的读者还为数不少，展览期间，遇到一位刚刚在圣彼得堡认识的俄罗斯老汉学家，司格林教授，一口流利的中国话，地道的北京腔，光听说话声，你绝对想不到这是一位俄罗斯人，寒暄后他和我谈起了天津，他说他去过天津，“你们那里有个中国大戏院吧，我和我的朋友薛宝昆先生在中国大戏院说过一段相声”。我听后万分惊喜，我立即告诉司格林教授，薛教授是我的好朋友。“你到天津来吧，我一定把薛教授请出来，有机会咱们来个三人相声。”

司格林教授听后哈哈大笑，连连对我说：“我一定会再去天津的。”

汉学家今年78岁。

他乡遇“故知”

一看这题目，读者以为我一定是去了一趟欧洲，并在那里遇见许多亲人，他乡遇故知，彼此亲亲热热地拉着手，站在大马路上说个没完没了，直到警察过来维持秩序，我们才依依不舍地离开，就是走远了，还相互招手，而且还热泪盈眶。

不是那么一回事。

这里记述的“故知”，不是亲人；是小偷，欧洲的小偷。

小偷怎么就成了“故知”了呢？老天津卫，小偷最多，而且技术水准最高，个个都是世界级的选手，解放后改造小偷，让过去的小偷做现场表演，我去看过，那动作之利索，真是到了无与伦比的地步了。我亲眼看见过小偷把一个从对面走过来的人手腕上的手表，只蹭了一下，就摘走了，那个丢手表的人毫无察觉，那才叫令人拍案称绝呢。

才到瑞士苏黎士，一下飞机，迎接我们的朋友就提醒我们要提防小偷。据这位朋友说，近年来欧洲的小偷太多了，技术也比旧日高明多了。随之，这位朋友就将欧洲小偷的种种绝技向我们介绍，我一听，“小菜儿一碟”了，比起我们天津解放前的“高买”，那就是小巫见大巫了。

听说有几个中国人到了意大利，正走在马路上，突然一辆警车开过来，停在了这几个中国人面前，随之就有几个身穿警服的“警察”从警车上走下来，还冲着中国人敬了礼，然后就对中国人说，现在社会上坏人很多，希望你们时时注意，我们看一看你们的护照，再把你们随身带的钱让我们看一看，我们对你们有了了解，以后遇见什么意外可以得到我们的帮助。几个中国人傻兮兮地就把护照和现钞都交给这几个警察了，倒也没发生抢劫，护照和美元都原样交给了中国人，只是这几个中国人再去买东西，商场说他们的美金是假钞，你就说这洋小偷的手段有多绝吧，就那么一会儿时间，他们把中国人的美元换走了。害得这几个中国人找到大使馆，大使馆也没有办法，只好借给他们一点儿钱，早早地买张机票回家了。

同行的朋友自然甚为唏嘘，都连声地感叹这洋小偷果然身手不凡。只有我不以为然，我向朋友们介绍说，这在我们老天津卫，上不了高台面，调包儿，“手艺”道上，这叫“狸猫换太子”，初学乍练，学的都是这一手。顶级游戏，当年愣当着袁世凯的面，把他挂在袍子兜里的金怀表摘走了，袁世凯的身边还有那么多的保卫。

嘴巴上虽然这样说着，但我还是提高了警惕，高科技时代，谁知道这洋小偷会使出什么样的高招来偷你的东西，所以我还是把现钞放在里面的暗兜里，而且时时提醒自己路上无论遇见什么人，要看我的护照和现钞，我也绝对不能让他看，就是穿着警服，我也不让他看，他和我要横，我就去找洋派出所，说不定他那套警服还是在什么摊上买的呢。连我们中国想买套假警服还不是难事儿，这地方，连手枪都能买到，假警服，那不就比买冰淇淋还容易？不怕一万，就怕万一，有了精神准备，多高明的洋小偷也休想靠近我的身边。

好在欧洲对于小偷采取了预防措施，一次去超级市场购物，说什么也不让我们进去，服务生说一定要有证件，我们拿出了护照，还是不让进，说是要有当地的工作证件，朋友们当中有点小脾气的就发火了，当即就对这里的服务生说。在我们中国任何一个超级市场都是随便进去的。对不起，我们这里小偷太多了，有了本地证件，进来时我们输入电脑，在这段时间丢了东西，我们可以追查，你只有护照，等我们发现丢了东西，再找你，你坐飞机走了，我们去哪里追查。

我的天，这欧洲的小偷实在是防不胜防了，连好人都要受连累了。

幸好，市场很快和什么地方取得了联系，证明了我们的身份，而且身份不低，是代表国家到这里访问来的。商场经理走了过来，连连地向我们致歉，说真是不得已的办法，东西丢得太苦了，再这样下去，他就要被免职了。看他倒也真诚，我也就没和他发大国脾气，谁遇见这种事，也只能如此。欧洲科技如此发达，商场里有监视设备，就是如此还是丢东西，丢得老板见了人就怕，你想想这欧洲的小偷能少得了吗？

真也是巧了，洋小偷还真瞟上我了，一天下午，我一个人到一条小马路上去照相，就在我照得正高兴的时候，抬眼一看，小马路两端，一头一个，站着两个歹人，一看就不怀好意。表面上似是没事闲站着，但两道贼光一东一西地瞟着我一个人。怎么办？走？无论朝哪头走，都会和歹人打照面，而且这两个歹人肯定是抢东西的，一直听说这里专门有抢相机的歹人。一时心慌，我想这次我是在劫难逃了。也是急忙中生智，我想历来是做贼心虚呀，我何不虚张声势地破他的这一招呢？立马，我把手拢住嘴巴，放声地喊了起来：“老张、老李，我在这儿呢，你们快来呀！”洋小偷虽然听不懂我的中国话，但他们似看出我在招呼同伴，再一抬头，他两个早不知道什么时候溜掉了。

到底洋小偷不敌中国老油条，空城计历来是中国人败中取胜的好办法。

也正是在我为智破洋小偷得意的时候。第二天，我去商场购物，真遇见高手了。

那是在布加勒斯特的一家高级商场，我站在首饰柜台前看中了一件首饰，我用简单的英语问服务生多少钱，服务生也用英语回答我说了一个数字，我还没有拿定主意，就听见从背后传来一个中国人的说话声：“同志，才合三百来美金，够便宜的啦。”

顺声回过头去一看，果然身后站着一个中国人，穿得很体面，容光焕发，正微微地向我笑着，等我和他搭话。很自然的了，一个出访的中国人，他乡遇故知，我肯定要过去和他说话的，“同志，出来几年了”或者“这价钱真的便宜吗”，这时候这位好心人自然就要和我说话，耐心地向我介绍此地的种种情况，甚至于还可以帮助我侃价儿，但是也正是在我和这位老乡说得正热闹的时候，背后一个小孩神不知鬼不觉地就把我下了货了。

我懂，这叫童子上路，仙人下钩。

二话没说，我不买了，回过头来，看也不看那个中国人一眼，紧紧地捂着衣服口袋，把手提包紧紧地抱在怀里，外面还严严地裹上风衣，大大方方地我就从那个柜台前走开了，休想和我玩这套，我见识过。

回到宾馆，我把刚才的经历告诉同行的朋友，大家一齐赞叹还是我的警惕高，大家都说，换了他们一定会和那个中国人说话，最后的结局也就可想而知了。

自然，朋友们还要问我何以就断定那个中国人不怀好意？

当即我就回答说，第一，怎么这么巧，我去商场买东西，那个中国人也去那个地方买东西，而且这个中国人肯定在首饰柜前等待好久了，怎么买糖果的时候就遇不到故知呢？买糖果，身上带不了多少钱，去买首饰，就要带很多钱，这地方肥，自然就来这里下圈套。而且，那个中国人肯定离中国很久了，以我这样的穿戴，在国内，人们通常都称我“先生”，再俗些，称我是“老板”，还叫我“同志”，露馅儿了，我自然要怀疑他是想和我玩“二仙传道”，下我的货了。

经我一说，大家都笑了，果然姜是老的辣！朋友都赞扬我不愧是一个老天津卫，见多识广，也算是老江湖了。

苦难是宝贵的精神财富

日本无产阶级作家小林多喜二的著名小说《蟹工船》最近在我国重新出版，引起读书界的极大关注，当今之时，热衷于“悦”读青春小说的读者，或者热衷于畅销书写作的作家们，对于小林多喜二早就陌生了，《蟹工船》是一部什么小说，小林多喜二何许人也？报刊开始向读者做知识性的基本介绍。

20世纪二三十年代，是日本无产阶级文学运动的鼎盛时期，小林更是这一时期日本无产阶级文学运动的领军作家，无论在日本，在中国，及至在全世界都享有极高的声誉，小林多喜二的代表作小说《蟹工船》，写作于1929年。彼时小林只有26岁，应该是青年作家了。小说一经问世，立即引起巨大轰动，就在小说获得巨大成功的同时，自然也引起了反动当局的极度恐慌。

《蟹工船》出版的第二年，中国就有了译本，而且受到了中国文学界、中国读者的喜爱。我们小时候读书，《蟹工船》是一部必读书，更是文学青年的开蒙作品。

只是，那时候我们只是从阶级斗争的角度解读《蟹工船》，强调小林多喜二明显的阶级爱憎，强调小林多喜二对日本无产阶级的同情和赞美，更从中看到资本主义的反动本质，看到资本原始积累时期的残酷和野蛮。

1931年，小林多喜二参加日本共产党，成为职业革命家，职业作家，随后日本政局发生变化，对外发动侵华战争，对内实行法西斯统治，杀害反战人士。在日本军国主义野蛮的迫害面前，小林多喜二一些日本革命者，不畏强暴，不怕牺牲，转入地下活动，积极宣传反战主张，反对日本帝国主义对中国发动侵略战争。

小林多喜二被日本反动当局所不容，于1933年被日本反动当局逮捕，当晚日本特务对小林多喜二施以酷刑，几十个特务将小林多喜二围在中间，从四面八方将小林多喜二踢来踢去，当夜小林多喜二就在特务们的折磨下不幸遇难了。

小林多喜二被残酷折磨致死的消息传遍全世界，各国知名人士，知名作家纷纷发表声明痛悼这位杰出的日本作家，更对日本军国主义者的罪行予以强烈谴责。小林多喜二被害后，鲁迅先生发出唁电，唁电称："我们坚决地踏着小林同志的血路，携手前进。"

小林多喜二是中国人民的朋友，小林多喜二是为反对日本军国主义发动侵华战争而壮烈牺牲的。中国读者像喜爱本国作家的作品一样，喜爱小林多喜二的小说，小林的小说在中国拥有广大读者。

早在20世纪五六十年代，中国就出版过小林多喜二作品集，三卷，我自己更在天祥商场用15元买到一套日文版的《小林多喜二全集》，一直视为镇宅之宝。只是可惜，十年动乱时，将小林多喜二的小说也视为是“封资修毒草”，一把火全烧了。

十年动乱之后，重新出版世界文学名著，很快我又买到小林多喜二作品集。重读小林的小说，我依然无限激动，为曾经有人对无产者寄予如此诚挚的同情感到温暖幸福。

20世纪80年代出访日本，主人陪我们访问北海道，取道札幌访问北海道著名城市小樽，小樽是一座滨海城市，有一条运河，日本朋友说起这条只有2公里长度的运河，依然十分骄傲，运河象征着一个民族的智慧和勤劳。在小樽参观，发现一尊塑像，抬头辨认塑像地基上的文字，这才看清原来是日本著名无产阶级作家小林多喜二的塑像。

“二战”过后几十年的日本，时过境迁，政治、经济、文化都发生了巨大变化，令人感到惊奇的是虽然当今的日本社会已经不再有小林多喜二时代激烈的劳工矛盾，社会思潮也不再像小林时代那样激进，而且由于战后日本社会的文学转向，新一代日本作家占领文坛，更出现了获得诺贝尔文学奖的大家，但日本社会依然没有忘记曾经被日本军国主义残害致死的日本无产阶级作家，没有忘记为日本人民的尊严和幸福奋斗过的日本无产阶级作家，死于日本军国主义酷刑之下的小林多喜二，受到日本民众的尊敬和爱戴。小林多喜二塑像告诫日本年轻人不要忘记苦难，更要珍惜日本民族经历苦难之后取得的社会进步。

“二战”后的日本，年轻人的观念发生了巨大变化，文学新潮更涌现出了一代一代前卫作家，从巴那那到村树，风格和情调上已经看不出小林多喜二的影响，令人欣慰，在世界经济海啸面前，正是日本读者最先想起了小林多喜二的小说，说明一切曾经给予民众以精神鼓舞的文学作品，都永远不会失去艺术魅力。

社会生活的变化是很难预测的，谁能想到在全世界经济高度发展的过程中，会突然遭遇罕见的经济动荡，战胜突发困难，什么最有力量？我们说信心比金钱更有力量。而信心来自哪里？信心来自对于战胜灾难的勇气，来自一个民族战胜苦难的记忆。

今天，海上捕捞的蟹工船不再存在，小樽海滨劳动者的悲惨生活不再，那两艘挤死船工的大船不再，但广大民众勇敢无畏的精神还在，广大民众不畏强暴，勇于斗争，勇于反抗的精神依然存在，前辈无产阶级作家留给后人的坚强意志和无畏精神正变成无限珍贵的精神财富。

苦难是巨大的精神财富，我们常说一个民族在灾难中失去的，必将在民族的进步中获得补偿，这可能是当今小林多喜二作品再次畅销的一个原因，面对今天的世界经济海啸，不可能再像二战之前那样用发动世界战争的办法求得一己的霸权，更不能使用你吞下我，我吞下你的野蛮手段求得一己的复兴，面对世界经济海啸，唯一的选择就是同舟共济，互利双赢。而要想创造同舟共济，互利双赢的经济效果，只能从自己民族的苦难过去中吸取力量，从自己民族过去的苦难记忆中站起来，如此才能创造美丽的未来，也才能战胜危机取得胜利。

普罗文学

——珍贵的文学遗产

普罗文学，也就是无产阶级的革命文学，曾经以杰出的作品和无产阶级作家们无畏的精神在文学史上建树过无比的光辉。只是近年来各种文学前卫流派的兴起，无产阶级文学不再被人们关注，对于一些青年读者来，普罗文学的概念早已经陌生了。

回忆中国早期的普罗文学运动，季羡林先生在《学海泛槎》书中有一段文字，季先生写道："我们班第一个国文教员是胡也频先生，从上海来的作家，年纪很轻，个子不高，但浑身充满了活力。上课时不记得他选过什么课文。他经常是在黑板上写上几个大字：'现代文艺的使命。'所谓现代文艺，也叫普罗文学，就是无产阶级文学。其使命就是无产阶级革命。”

胡也频早年在天津读书，后来投身无产阶级革命事业，得到鲁迅先生指导帮助，后来惨遭国民党反动派杀害，为中国无产阶级革命献出了宝贵的鲜血和生命。胡也频留下的作品不多，20世纪50年代初期，曾经出版过《胡也频选集》，后来我的朋友周良沛编辑过一册《胡也频诗选》，此外再没有其他的选本了。胡也频的名字，对于今天读者来说已经是太陌生了，充斥读书市场的垃圾早湮没了胡也频先生那一代革命先驱作家的作品。今天一些浅薄青年这也先锋，那也先锋，殊不知，普罗文学，也就是普罗大众的革命文学曾经就是时代先锋。

中国早期普罗文学，以创造社和太阳社为突出代表，鲁迅先生对太阳社和创造社的批评，不影响太阳社、创造社的文学贡献，太阳社、创造社许多成员后来参加共产党，对中国革命做出了无可替代的贡献，这早已成了不争的事实。于此，革命作家内部有分歧，只有国民党反动派能够清醒认识他们和鲁迅一样威胁着国民党的反动统治，国民党反动政权对他们一视同仁，唯置他们于死地而后快。

太阳社、创造社以及其他一些左翼作家群体，组成了中国新文学运动早期的普罗文学队伍，在中国新文学史上做出过巨大贡献。为左联的成立发展奠定了坚实的基础。

中国的普罗文学运动，受日本普罗文学运动明显影响，20

世纪20年代，日本普罗文学运动极是活跃，出现了以小林多喜二为代表的重要作家，日本左翼作家打出了普罗文学的旗帜，并以普罗文学为目标团结了一大批进步作家，创作了一大批产生重大影响的文学作品，其中小林的《蟹工船》很早就被译介到我国，并拥有广大读者。我自己最早读到的《蟹工船》好像是北新版本，记得封面上的木刻版画冷峻凝重，给人一种反抗力量，向资本主义残酷血腥剥削发出了强烈抗议。

我自己少年读书，对于日本普罗文学情有独钟，为此，我还自学了几年日语。20世纪60年代，在天祥市场旧书摊上，我居然买到日文版的《小林多喜二全集》，几经沧桑，一直保存至今，这可能是天津唯一一套日文版的《小林多喜二全集》了吧。

改革开放以来，西方文学流派引进中国，这个派那个派，更引进了许多被人视为是世界名著的文学作品，许多时尚人士极力推崇西方文学流派，现代派，后现代派，再有后后现代派，堪谓五彩缤纷。绝对不是我的固执，我总觉得时尚流派虽然引人入胜，但早期普罗文学的光辉永远是无法替代的。

普罗文学作家坚持和普通底层人民心心相印，同情在资本原始积累血腥掠夺重压下的劳苦民众，小林的《蟹工船》所写的日本贫苦渔民悲惨生活，早已经成为文学经典之笔，历史上从来没有一个作家对贫苦大众充满如此真诚的同情，普罗文学作家和普罗文学作品拥有如此广大的读者，和人民大众息息相通，是普罗文学强大生命力的原因所在。

无论是中国的普罗文学、还是世界范围的普罗文学都不是成熟的文学流派，尤其是在白色恐怖条件下，不允许普罗作家们在艺术上精细雕琢，他们的文学理念也不成体系，再加上白色恐怖的摧残，普罗文学不可能过于追求艺术的完美，在中国，左联成立，鲁迅先生提出民族革命的大众文学，从此中国的普罗文学运动开始走向成熟，许多富有才情的革命作家，创作了大量艺术上成熟的革命文学作品。

最为可贵的是，普罗文学的作家们都以他们崇高的信仰对待自己的文学事业，他们首先是一位革命战士，然后才是一位作家。他们中许多人为此付出了鲜血和生命。中国无产阶级革命先驱作家们为中国人民的解放事业献出了生命，胡也频几位作家牺牲时不到30岁，鲁迅先生在抗议文章中写道："我们这几个同志已被暗杀了……但无产阶级革命文学却仍然滋长，因为这是属于革命的广大劳苦大众的，大众存在一日，壮大一日，无产阶级革命文学也就滋长一日。"这里鲁迅先生没有使用"普罗文学"一词，而是更直接地提出了"无产阶级革命文学"的口号。

在中国，反动政权暗杀革命作家：在日本，帝国主义侵略势力更是杀害普罗文学作家，日本普罗文学作家公然反对日本帝国主义者发动侵华战争，小林多喜二就因发表反战文章惨遭日本特务机关抓捕，小林多喜二被抓捕后当夜就被日本特务群殴致死，鲁迅先生在得到小林牺牲消息后立即发出唁电，代表中国作家对于小林的惨遭杀害提出强烈抗议。

普罗文学，或者是无产阶级革命文学似是退出了文坛，但他们留下的人格光辉和伟大作品，却永远是人类最宝贵的精神财富。那一年在日本，去北海道，就是在小樽海岸上，看到小林的青铜雕像。战后的日本，西方文化涌入，文学上又出现了新生代，就在人们热衷于大江、村树的同时，广大日本人民还怀念当年的普罗文学作家，因为以小林为代表的普罗文学作家是广大善良日本人民的良心。

普罗文学为人类进步做出过伟大贡献，但愿年轻朋友在热衷现代文学作品的同时，也找些普罗文学作品读读，读普罗文学作品会帮助你了解历史，更会使你感到高尚，普罗文学不仅属于无产阶级，更属于全人类。

乘着歌声的翅膀

就是我自己也不敢相信，我的歌声居然能够打动听众，并且感动得他们热泪盈眶。我没有受过最起码的歌唱训练，嗓音沙哑，五音不全，更没有任何舞台表演天才，但确确实实，我的歌声被赋予了神奇的艺术魅力，沟通了人们心灵间的爱。

那是在罗马尼亚朋友为我们举行的一次午餐宴会上，主人请来了乡村歌手。他们唱过几首欢迎远方客人的民间歌曲之后，便拉着琴走到客人身边，微微地向我们笑着，请我们也唱一支民歌。偏偏中国作家都是儒家弟子，一心只读圣贤书，不肯以歌声媚俗，虽然歌手拉着琴围着我们转了好几圈，我们竟没有一个人敢站出来，哪怕随便地唱一支歌。

实在是主人的盛情难却，我不下地狱谁下地狱？一咬牙，我站出来了。歌手问我唱什么？我回答说，就唱一支罗马尼亚民歌《照镜子》吧。

《照镜子》是一首曾经在中国广泛流传的罗马尼亚民歌，歌中唱着一个姑娘欣赏自己美丽的容貌，更欣赏自己的青春生命，旋律极是优美，非常动听。

“妈妈她到林里去了，我在家里闷得发慌，墙上镜子请你下来，为我照照美丽模样，现在让我先把房门轻轻关上。”

我才唱完了第一段歌词，罗马罗亚朋友立即就为我鼓掌欢呼，就像我们国内年轻追星族为他们的偶像鼓掌一样，真诚热烈，而且带着几分疯狂。

看见自己的歌声唤起这样好的艺术效果，也不知道是哪里来的一股歪劲，我离开餐桌，走到餐厅中间，将餐巾围在腰间当作美丽的衣裙，双手做出照镜子的动作，更将自己奇丑无比的面孔想象成美丽少女的青春容貌，手之舞之，足之蹈之，忸怩作态，真的就表演起来了。

本来似这样的表演是应该被人轰下台去的，但和一般的表演不同，罗马尼亚朋友竟被我的表演所感动，他们一起离开座位，拥到我的身边，围绕着我，手舞足蹈地跳起了他们的民间舞蹈。主人的鼓励给了我勇气，我的表演激发了主人的热情，主人、客人，都融合在一起，歌声和舞蹈把相距万里之遥两个国家的人民和作家连在了一起，让人们共享幸福和爱。

这时，我突然想起了门德尔松的一首艺术歌曲《乘着歌声的翅膀》，那歌中唱道，“乘着歌声的翅膀，让我们飞向远方……”，此时此刻，我也才领悟到何以歌声会有翅膀，原来歌声是飞在人们心间的旋律，更是人们心灵间共同的语言，是爱的语言，在歌声中人与人心灵真诚相见，在歌声中人与人情爱相融。歌声的魅力远在音质和先天的素质之外，歌声的魅力在于唤醒人们相亲相爱的天性、将世界变得更加美好。

最难忘的是在罗马尼亚的一个小城市里，是一家品位颇高的餐厅，大厅里就餐的客人彬彬有礼，穿着考究的时装，身上更是珠光宝气，气质非凡。自然，餐厅里有乐手助兴，四个人，分别演奏着大提琴、小提琴和另外的两件乐器，宴请进行到一半的时候，乐手们走到我们的身边，想单独为我们演奏几首乐曲。这时，陪同我们的罗马尼亚女诗人要乐手们演奏《照镜子》这首民歌，而且她更请我当众演唱。这样的餐厅里，人人温文尔雅，我怎么好形骸放浪地演唱什么民歌呢？但女诗人的真诚使我感动，在乐手们开始演奏《照镜子》的旋律之后，我站起来开始演唱这首民歌了。

一下子，整个餐厅里这些罗马尼亚的新贵族和老贵族们惊呆了，他们一起侧过身来以诧异的目光向我凝望，他们又从我的歌唱中感到了一种亲切。这种来自遥远国度里的亲切情感，立即使贵族们忘掉了斯文，他们一齐拍着手，舞动着双臂，和我一起唱了起来。令人终生难忘的是我看见拉琴的乐手热泪盈眶，我理解，当这些音乐家因失去这样的歌声而挽惜的时候，突然听到一位来自异国他乡的作家如此深情地唱出了他们美丽的民歌，他们心中是一种怎样的感情。

世界上有许多歌曲广为流传，而好莱坞的电影歌曲，更是家喻户晓，人们可以各自用本国的语言一起合唱这些歌曲，人们也可以一起用英语合唱这些歌曲。这样的歌曲尽管非常动听，但它就是缺少一种情感的力量使人们相亲相爱。这类歌曲技术含量高，而情感的含量又太少，合唱这样的歌曲，如萍水相逢的朋友，唱过后人们依然非常陌生。这就和那些激动人心的摇滚音乐一样，歌声响起，人们疯狂，离开音乐广场，人们带回去的仍然是一片心灵的空旷。倒只有这些深沉美丽的民间歌谣，才使人们相互走进彼此的心灵，歌声唤醒人们心间的情爱，使世界充满了光明和爱。

一路上，我在想，艺术充满着的魅力，只能来自人们的心间，一切从流水线走下来的艺术作品只有商业价值，而不可能具有真正的艺术魅力。我们已经听腻了天王们的演唱，但天王们的疯狂绝不会创造情感的力量，我们也听够了艺术要走向市场的喧嚣，但在市场之外永远有一个充满着无限魅力的艺术空间，在这一片艺术空间里面，真诚永在，爱心永在。

可悲的是，这些年“快餐文化”的引进以及流水线作业方式对艺术创造的冲击，使真诚的民间歌谣已经变得非常陌生了，和自然生态一样，改天换地的后果竟然是生态的大破坏。无端的泥石流、沙尘暴、雪崩、滑坡，终于使人们意识到生态环境的恶化已经给人类带来可怕的灾难。音乐、文学，又何尝不是这样，一次次的冲击波，一次次的实验，一次次的前卫，一次次的新潮，文学和音乐于进入市场的同时，已经沦为一文不值的商品。以商业手段炒作属于心灵的艺术，最后失去的只能是艺术自身。当今许多人哀叹文学走入困境，原来就是艺术自然生态惨遭破坏的必然结果。

秋叶覆遮大地

秋叶覆遮大地，美丽的罗马尼亚，一片金碧辉煌。

即使是在首都布加勒斯特，除了城市交通要道，许多僻静的小路，路面上也是铺着一层秋天的落叶，是一层金黄金黄的落叶，秋风将它们轻轻地抖动着，似是向人们述说夏日的记忆。

罗马尼亚人热爱秋天。

及至走进风景如画的腹地，我们才看到罗马尼亚何以留下落叶装点他们美丽的大地，这土地太迷人，也太绮旎，安详的城市，总带着一丝诗意，居住区的住房之间，几乎都留有大片的空地，空地上高树林立，而就是在密密的林间，秋天到了，地面上覆遮着一层秋叶。苍老的树干，树上垂挂着未落的树叶，地面上几乎不留下一块空白，厚厚的积叶，把大地染成一片金黄的颜色，偶尔，你会看到牧羊人披着皮袄赶着羊群从树丛后面闪现出来，如诗如画，这时候你才会惊呼，唯有珍惜大自然的恩赐，才是世间最高的幸福。

看着地面上厚厚的秋叶，罗马尼亚人不无骄傲地告诉我们说，在罗马尼亚，无论城市还是乡村，地面上的落叶是没有人清扫的。这对于我们这些将秋天的落叶视为垃圾的人们来说，最初是有些不可思议，但只有当你看到这一片落叶所渲染的一幅幅美丽的画面时，你才能够理解珍存起秋日落叶的罗马尼亚人，心灵是多么丰富。

在滨海小城，康斯坦察，我们住在一家旅游宾馆里，第二天早晨我起得很早，想去海边尽享海的豪放。大海，东方、西方，都是相同的，不外乎就是汹涌的海浪，不外乎就是震撼人心的涛声，也许还有海尽头浓浓海雾后面那个神奇的世界，还有初升的旭日在海面上的跳动，似乎没有寻找到新鲜、独特的感觉，我缓缓地走出了沙滩。

突然，就是在海滩上面，一片金黄的颜色跳入我的视线，最初我还以为是初升的太阳投射在地面上的光芒，但定睛再看，我被眼前美丽的景色迷住了。是一片树林，密密的树丛间，也许原来就是一片绿茵，而现在绿茵被落叶覆遮，地面上是一片金黄的颜色，海风从下面吹上来，每一片落叶都在掀动，没有声音，使这一片树林显得更加宁静安详。信步走进树林，踏上那一片落叶，听着脚下轻轻的声响，回头赏视刚刚被踏实的落叶又缓缓地伸张进来，心中竟负有不敢再挥霍大地恩赐的内疚。但我还是信步走在林间覆遮落叶的空地上，一种飘然欲仙的感觉在我心间油然而生。落叶给了人们一种超然人生的感觉，似是世间的一切烦忧都被这一片落叶覆遮，只留下美丽，只留下安详。

舍不得离开这一片由落叶覆遮的林间空地，我缓缓地在初升的阳光下徘徊，海风从背后吹来，带有一丝冷意，但一片金黄的落叶，又带给我微微的温暖。这里，真安静，我回忆不起我曾经在哪里有过这样的经历。是的，这是唯有覆遮上一片落叶才会有的静谧，是一片由珍爱落叶的人民所营造出的人间美景。多少年来，我们听到过人们享受人生的奢谈，但就是这些奢谈享乐的人，却不懂得欣赏蕴涵在每一片落叶上的美丽。此时此刻，我漫步在这一片落叶上面，披着熙熙的清晨阳光，听着背后的涛声，我才感悟到罗马尼亚人心间有一个怎样富有的世界。

唯恐被人们奚落是老来多情，我没有向我的朋友们泄露我的发现，和大家一起向腹地走去，是在一处乡间的纪念馆里，是主人在纪念馆庭院的空地上招待我们的便宴上，人们才和我一起被落叶覆遮的大地所陶醉。

纪念馆，并不重要，已经是很古旧的木式建筑了，倒是纪念馆木式房屋建筑在一片树林间，林间的空地铺满了落叶，就是在这一片落叶上摆放好一张餐桌，人们围桌而坐，品尝着乡间的美酒，听着乡间歌手为我们演唱的民歌，这时候，人们才突然发现，如果没有这一片落叶，这一切可能不会有一丝情趣。

酒香缥缈在落叶上面，空气中飘散着醉人的芳香，一丝一缕，浸入你的心脾，真是让你不知身是客；而民间歌手的演唱，忽而豪放，忽而忧伤，更把你的心情拨动得起伏动荡。只是，一切的欢乐和忧伤都被覆遮大地的落叶融化成一种无形的氛围，在这种氛围里，人们几乎融化成一缕游丝，此时此刻我才理解一位罗马尼亚诗人美丽的诗句："他美丽得像思想的影子。"我想准确的翻译也许应该是"他美丽得似情爱的游丝"。

在这一片落叶上面，人们相亲相爱。

踏着这一片落叶，我走遍罗马尼亚，罗马尼亚的每一寸土地都是色彩缤纷，远山近水，都在辉映着落叶的情致，山光水色，也都被落叶尽染成一幅一幅美丽的画面。在山间乡村一间木质民居的门外，两位小女孩并肩坐在窗棂下面，头上系着母亲为她们粗织的花色围巾，膝头上放着画板，静静地描绘她们家乡美丽的风光。我不敢走近她们，怕惊扰她们的飘逸情致，只是远远地看着她们，我心间感受着世界的美好。

于是，我想，人间有贫有富，生活有喜有忧，就是在罗马尼亚，一路上我们也是听到了太多对于生活的抱怨，但我们更是看到，无论怎样抱怨人生，人们总还是珍爱着大地的美丽，珍惜大地恩赐的人，一定也能再创造出比大地恩赐更美好的人生。这里的人对这一片土地爱得最是深沉，他们懂得以被时间抛弃的落叶装点时间，直到冬雪最后覆遮大地，那积雪下面仍然保有金黄的落叶，那是人们心间的财富，是和黄金一样珍贵的财富。

适逢美好的秋天，我们遍访罗马尼亚，踏着落叶覆遮的大地，我们感悟到每一片落叶都含蕴着辉煌的记忆，我们更感悟到每一片落叶更蕴含着对未来岁月的向往。美丽的罗马尼亚，美丽的罗马尼亚的今天和未来，一个将每一片落叶都用来装点大地的民族，一定更知道怎样装点他们未来的生活，匆匆地走过这一片土地，我只是一个过客，一切的美丽依然留给它的主人，未来的美好更属于它的主人。

落叶覆遮大地，罗马尼亚，你启示我热爱人生。

多瑙河畔酒飘香

——罗马尼亚印象

访问罗马尼亚，沿着多瑙河平原驱车奔驰，时时会在公路两旁看到手里举着瓶瓶罐罐的家庭妇女，似是在卖什么自家的农产品。我们这些亚洲人想象不出这里的农家在出售什么产品，有人猜想是蜂蜜，也有人猜想是什么奶制品；猜了半天，猜不出个结果，最后问到陪同的罗马尼亚朋友，人家告诉我们说，那是农民在叫卖自家酿造的葡萄酒。

还是在布加勒斯特，才从机场驱车进入城市，刚刚在宾馆住下，立即朋友就送来了葡萄酒，没有任何包装，就是装在大塑料瓶里，“喝吧，明天再给你们送来。”就像我们是一时也离不开酒的酒鬼似的。盛情难却，收下了酒，还表示了感谢，罗马尼亚朋友倒有点难为情，似是为了这一瓶葡萄酒，居然还值得感谢，怕我们旅途劳累，只说了声“明天再见”，放下酒就走了。

虽然没有周游世界，但就自己到过的几处地方，也没有过这样的经历，千里迢迢，才在宾馆住下，立即就送来自家酿的土酒，说是礼貌，也未免太不见外了吧。出于好奇，好歹安顿好房间，立即大家凑到一起，看到底这自家酿的土酒怎么一个好法，才倒进杯子里，立即就有一股浓浓的酒香飘满房间，及至举起酒杯深深地嗅上一口，不由得我就先赞叹地对我的朋友们说：“好酒，绝对是好酒，比咱们国内卖的那些洋酒不知道要好多少倍。”莫怪罗马尼亚朋友等不迭地就先送来了葡萄酒，这样的美酒要等到明天再喝，那才真是怠慢咱们了呢。

晚上，主人宴请，带来的又是自家酿造的葡萄酒，这时，我们这些才踏上罗马尼亚土地的客人再也不怀疑主人的热情了。餐桌上摆着一瓶瓶的名酒，但人们一起向装着自酿葡萄酒的大瓶子抓过去。这时，倒是主人抬手拦住了大家，说是朋友相聚，举杯祝酒，还是要用威士忌。客随主便，还是等主人为我们斟满酒杯，礼节性致辞之后，立即，主人和客人一起，开始畅饮起罗马尼亚朋友自家酿造的葡萄酒了。

虽然没有见过太大的世面，但世界上那几种有名的葡萄酒我还是品尝过的。尤其平日我不沾酒，每次有人宴请，朋友们都为我单独准备一瓶葡萄酒。有国内，自然就是那种最有名的“干红”或者是“干白”了。这种名酒，原料虽然是中国的葡萄，但酿酒工艺却是地道的法国技术，所以，中国人一直把这种葡萄酒当法国酒喝。

罗马尼亚地处欧洲腹地，而多瑙河又以葡萄为主要农作物，后来品尝了多瑙河平原的葡萄，不敢恭维，也并不比我们吐鲁番的葡萄好多少，但我们吐鲁番的葡萄虽然自称天下第一，但至今还没有喝过吐鲁番的葡萄酒，说来，还真是一大憾事。而在罗马尼亚，沿着多瑙河，漫山遍野的葡萄园，家家户户都自酿葡萄酒，而且味道醇正，质地优良，贴上商标，绝对比世界一流葡萄酒并不逊色。酿酒，是罗马尼亚人传统的生活习惯，就像我们东北人家家户户渍酸菜，更像我们山西家家户户酿醋一样。出了山西，别处酿出来的醋，光是一股贼酸，一点神韵也没有了。

罗马尼亚人家家户户自家酿出来的葡萄酒，醇香、清爽，嗅一下，一股浓浓的酒香渗入你的脾肺，能使你的血脉沉醉。再饮一口美酒，含在口中，缓缓地呡着，就似一股甘甜的清流渗入你的血脉，给人一种飘飘欲仙的感觉。这时候，你只是想，每天能与这样的美酒相伴，真也是别无他求了。

在罗马尼亚腹地一家小餐馆里，席间餐厅主人出来向我们敬酒，然后他极是风趣地对我们说，他将带给我们一点儿小小的惊喜。原来我以为这家餐厅的老板是要送给我们一点儿什么礼物，但没想到他却引导我们走到餐厅角落，那里有一条小小的通道，打开铁门，就像是防空洞一般，老板告诉我们说，这是他家的酒窖。

走下酒窖，整齐地排列着几只酒桶，架上还有好多的酒瓶，主人告诉我们说，这是他的骄傲。这些酒，已经都登记在一份清单上了，每出窖一瓶都有严格的登记手续，卖给了什么人、卖到了什么地方，都有清楚的记录。倘若日后有人说他喝过这个酒窖的酒，是真话，还是吹牛，那是有案可查的。

罗马尼亚人，酿酒成了一门艺术，酿酒更成了一种民族骄傲，在罗马尼亚，谁也不敢编造他们的祖辈往酒桶里撒过尿，就算是戏说，那也是一种亵渎。酒是罗马尼亚人的物质财富，更是罗马尼亚的精神财富。

终于，主人带我们到了罗马尼亚最大的一家葡萄酒厂，工厂主自然带我们参观了他的酒窖，那是一个像地下宫殿一样神圣的地下酒窖，酒厂老板告诉我们说，这里最珍贵的葡萄酒是用来招待国宾的，每出窖一瓶，都要有相应的手续。今天虽然来了尊贵客人，但是对不起，也只能请大家品尝市场上供应的好酒了。

走进贵宾室，桌上早准备好了十几种酒，酒瓶打开着，十几只酒杯放在每一位客人的座位前，然后主人拿起一个一个的酒瓶向我们介绍每一种酒的特点和它的历史。

自愧才疏，此时，我就说不出一句话来了，只能是细细地品咣，静静地体会酒香。就这样，老板看我先将酒杯在鼻下轻轻地嗅一下，然后再咽一口含在嘴里慢慢地品咣，姿态规范，立即起身走到我身边对我说："这位先生必是行家。"随之，老板告诉我说，前几年，也来了一批中国人，十几个人排成整齐的队列，个个穿着笔挺的西服，脚下踏着锃亮的皮鞋，齐刷刷坐在贵宾室，然后由一位先生非常严肃地致辞表示感谢，随后也就开始品酒了。

但出乎老板意外，这些人才咽下第一口酒，立即齐声大呼："好酒好酒！""糟糕，"老板告诉我说，"买酒的人怎么会如此盛赞你的酒呢？真正想买酒的人，应该像先生这样，只细心地品尝，绝不出声赞美，因为后面我们还要有一场讨价还价的交锋呢。"

老兄，差矣，愧受你的称赞了，不是我于葡萄酒有什么研究，是我说不出这酒是怎么一个好法儿。老板自然也知道我是一个作家，绝不是来和他做生意的商人；就是这样，老板也还是说，能和识酒的人做朋友，也是一大幸事。

品尝过这样的美酒，我才理解罗马尼亚人何以为自己的民族骄傲。也更能理解，罗马尼亚人的生活何以时时充满着快乐。

在贵宾室，酒厂老板一面陪同我们品尝美酒，一面和我们共同探讨面对市场经济应该怎样求取生存。相同的经历使我们有了共同话题，不外乎是转变观念、转变机制，要走出计划经济的束缚，到市场中去找出路。话谈得越来越投机，酒也尝得越来越有味道，不觉间终于到了我们应该辞行的时候了，一切一切都无可挑剔，主人把我们送出了酒厂的大门。

但是坐到汽车里，我们几个人却感到有点什么不对劲儿的地方，怎么主人光送我们出来，汽车里一点儿什么东西也没多呢？按照我们的习惯，到酒厂参观，最后至少每人要带走两瓶酒。莫说是你这葡萄酒厂，在我们中国参观国家级名酒酒厂，出来的时候，一声不吭，大家就都看到每一个座位上多了一个小提兜，心照不宣，自然就是纪念品了。

唉，这里的人太不够意思了，就算你摆脱了计划经济的束缚了吧，这一点儿礼貌总还是要有的吧。但尝过这样的美酒，不给国内的朋友带回去一瓶，也太不够朋友了。主人可能猜出了我们的心思，立即便也不好意思地对我们说：“如果诸位早来一年，我一定每位送你们两瓶我们最好的酒，但现在如果各位想买几瓶酒带回去的话，我可以带诸位去我们的商店，各位客人自然可以享受免税待遇。”

为了怕人家看出我们只想白拿酒，不想掏腰包的污浊襟怀，呼啦啦我们一起走下车来，每个人都慷慨地买了两瓶好酒。不虚此行，我们将带回去的何止只是两瓶美酒，也许我们还将带回去一点儿新的生活观念吧。

你在桥上看风景

——我与外国文学

2000年冬天，在罗马尼亚访问，一天到了一个地方，迎接我们的罗马尼亚作家对我们说，他们那里前不久刚刚翻译出版了一部中国长篇小说，四大卷，写的是公元3世纪发生在中国的一场战争。这位作家说，他还没有看到这部书，也不知道叫什么名字。当即，我想了想便对这位罗马尼亚同行说："可能是《三国演义》吧？"这位同行点了点头回答我说："是的，是发生在三个国家之间的一场战争。"

再后来到一位罗马尼亚朋友家里做客，谈话间，这位朋友骄傲地告诉我们说，他家里保存有一部中国小说，而且这位朋友更以生硬的发音对我们说："是《将皮迷》。"大家一听，明白了，是《金瓶梅》。而且这位罗马尼亚朋友还告诉我们说，这部中国小说他们一家人都读过。这时，他的岳母大人，一位年近80岁的老太太立即又对我们说，她也读过这部《将皮迷》。

当然，翻译介绍到罗马尼亚去的中国文学作品，绝对不只是那部描写发生在三个国家之间的一场战争的历史小说，也不只是那部连80岁的老太太都读过的《将皮迷》，自然还有许多古代的、现代的和当代的中国小说被译介到了罗马尼亚。阅读这些文学作品，使罗马尼亚人对于中国有了一些了解，也在中罗两国人民之间设起了一座相互沟通的文学桥梁。但是面对着这样的同行，我一点儿也不想和他探索中国文学的价值，更不想对这些朋友描述这些作品的艺术魅力。

但我依然感到，文学作品的相互翻译，确确实实在不同国家和不同人民之间架设起了相互沟通的精神桥梁，但也仅仅就是桥梁，是站在桥上看风景的桥梁，是一座即使你走下桥来，也无法融入那一片秀丽景色的桥梁。因为那一片秀丽景色只能植于那一片母语土地，一切从母语本土移植到另一片土地上去的花木，都只能是那一片风景的缩微，或者使用一个科技词汇，叫作是一次小小的压缩，你永远无法消除你和那一片风景的隔阂，因为你只是一个站在桥上看风景的游客，你不是在那一片风景中呼吸的生活主人。

时代的进步使我们这一代人过早地接触了外国文学，那时候我们在课堂上听老师讲“山不在高”，课堂下听母亲讲“春眠不觉晓”，晚上围着叔叔听他讲《一千零一夜》的故事，再回到自己房里偷偷地读《茶花女逸事》。这就是我们这一代人少年时期典型的读书环境，那真是一个各种思想、各种艺术争夺少年心灵的无情斗争。只是说来也怪，那时候无论是《一千零一夜》的故事，或者是《茶花女逸事》，还有娜拉走后怎样，虽然也打动过我们的心，但到底还是觉得那一切距离我们太远，我们最能够理解，也最容易接受的还是“山不在高”，还是“春眠不觉晓”。至少在我们的心间，只有“山不在高”和“春眠不觉晓”才是属于我们的文学风景，也只有在这一片风景里，我们才能感受自然，也才有属于我们的精神世界。

于是，《一千零一夜》，《茶花女逸事》和《玩偶之家》都只是一座桥梁，我们站在这座桥上看风景，然后回到我们自己的土地，这里有“山不在高”，还有“春眠不觉晓”。

终究，我们生于“中华民族到了最危险的时候”，时代不给我们赏析艺术的情境，彼时彼际，那么多的外国文学作品被译介到中国来，我们也只是从那些作品中吸取精神力量。于是一切歌颂英雄的，还有一切歌颂献身的文学作品都被我们当作人生课本，并以此充实我们的心灵。回首我们的读书生活，半个世纪以来，我们中能有几人真正潜下心来体味那些传世作品的艺术情趣？就连《红楼梦》不也是被理解成“不是东风压倒西风，就是西风压倒东风”了吗？如是，在文学这座桥梁上，人们不是看风景，而是看厮杀了。

说到我们和外国文学的关系，再说到自己和外国文学的关系，实实在在，我们似是还没有进入到艺术赏析的境地，说是在桥上看风景，也是把我们自己说得风雅了。

难道不是这样吗？

当我们前辈的爱国精英辜鸿铭先生，为了在洋人面前炫耀“中国人的精神”，挺身而出面对洋人以流畅的英语背诵全卷《失乐园》的时候，谁能说出这位辜老夫子到底理解了多少《失乐园》的精神真谛？倘若他真能理解哪怕是一点儿《失乐园》的精神真谛，他也不会于洋人的坚船利炮早已经打开了中国的门户，而且一次次的割地赔款更丢尽了天朝威风的时候，居然还大言不惭地站在洋人面前说什么“我们如何如何的时候，你们还在茹毛饮血”。这就是拖着长辫子背诵《失乐园》的夫子圣贤们的世界，他们站在桥上，却不屑于看风景，他们说：“我们先前，比你阔得多了！你算是什么东西！”

心灵上的森严壁垒，使辜老夫子无法走进那一片美丽的风景，最后他只能在“你们有先进的物质，我们有先进的文明”的感叹中愤愤地离开这个世界。一个人精通几国外语，却不能从西方文化得到一点儿启迪，这也是那个时代的悲剧了。

…………

却又是另一种残酷的惩罚，又一代人，完全没有一点儿外语知识，一句英语不会说，连英文字母也不认得，竟然读过几本翻译得令人不敢恭维的外国文学作品，一下子就进入什么流派了，而且大言不惭地标榜进行什么文体实验，将一些于理论上无法界定的主义生搬到写作上来，闭关锁国之后，使我们在外国文学的冲击面前失去了理智，更失去了冷静，使中国新一代作家于写作上陷进到了一个迷乱的误区。

很难再有辜鸿铭老人那样的学者，于深厚的国学基础之外，更精通几门外语；也很难像20世纪30年代作家那样，有充分的创作准备，他们能于写作的同时，再以自己的艺术情趣为读者选择值得向国人译介的外国文学作品。现在的状况是，一些人疯狂“码”字写作，另一些人匆匆“输入”外国文学作品，也就是在疯狂“码”字和匆匆输入的坐标上，才出现了一股一股文体实验的旋风，也才出现了一个一个的写作怪胎。

恕我放肆。

检讨自改革开放以来外国作家和外国文学作品在中国文学界引发起的几次大冲击波，其中很有几次带有极大的盲目性。那些在中国文学界引发起冲击波的外国作家，原来在他们自己国家并没有太大的影响，他们或者是她们的作品远不是他们国家最高的文学成就。但一被介绍到中国，不知道是一种什么力量，一下子就使得这些作家成了世界文学的精英，也使这些作家的作品成了传世的杰作。而当这样的消息传回到他们国家的时候，那才真是使他们自己的国家大吃一惊，使得人家简直不能理解，怎么中国竟出这类咄咄怪事。

大家都不会忘记一部日本电影《追捕》，其中的女主人公真由美，在日本本来并不被人们注意，但一被介绍到中国来，这部普普通通的日本电影竟然成了经典作品，连真由美也成了中国家喻户晓的艺术明星了。这其中到底有什么道理呢？莫非中国观众慧眼独具，竟然赏析出了在原出品国不被重视的艺术珍品的艺术魅力了吗？不是，原因非常简单，这就是因为这部电影是在我们打开国门之后最先看到的外国电影。真由美是幸运的，她一举成名，成了中国观众心中最富魅力的电影明星。

那么，在文学界有没有这类现象呢？第一个被介绍到中国来的外国作家，是否也被中国读者或者是被中国作家奉为是杰出作家了呢？而且，前一个月这位杰出作家的作品才被翻译过来，第二个月就看到了中国作家的效颦作品，随之就有批评家出来喝彩，为我们终于参与了世界文学对话而兴奋不已。

在外国文学面前，中国作家是一个不设防的方阵，活像是非洲为找水而不停迁徙的灾民。一个一个的创作口号，大多是在一部什么外国文学作品被译介到中国之后提出来的，而一个一个的文学口号又都是在没有出现一部有价值的作品之后退出文坛的，反省我们这些年的写作经历，中国作家难道不应该记取一点儿什么教训吗？

在艺术创作上，一切的效仿都是可悲的，即使拉丁美洲有过文学爆炸，即使“魔幻现实主义”（且不说对于这个概念的界定是否准确）产生了重要的作家和重要的作品，但中国作家紧随其后的效仿作品，都不可能进入这个艺术流派的主流空间，甚至于这些作品都带有游戏色彩，至多也就是在圈子里换取一点儿喝采罢了。这许多年来，效仿“魔幻”的作家堪称多矣，只是成功的作品并没有见到，结果“魔幻”了一阵，也就没有人“魔幻”了。

阅读优秀的外国文学作品和欣赏我们中国作家的成功作品一样，于我是一种莫大的艺术享受；这就和读书时背诵《莎氏乐府》一样，我们只能是用心灵去感受它，以唤醒自己心中最圣洁的情感。但就是那样钟爱莎士比亚，我们谁也没有想过将来自己也写一部那样的作品，因为那一切只属于莎士比亚。即使我们阅读莎士比亚，也依然是在桥上看风景，属于莎士比亚的那一片风景，绝不是我们自己的母语大地，有出息的作家，只能在自己母语大地上开拓出属于自己的美丽风景，按照你在桥上看到的风景复制出来的风景，是没有艺术生命的风景。

而且任何一位译者对于外国文学的选择也都有自己的标准，当然这还是说标准，自然也有一些译者选择外国文学作品就是着眼于市场效应，我们还看到有的译者，只能译介他们能够胜任的外国文学作品；于是许多垃圾被介绍到了中国，再加上一些书商不负责任的运作，中国就真成了一个文化大垃圾场了。

赏析优秀的外国文学作品是一种莫大的精神享受，效仿外国文学作品则就是一种莫大的悲哀了。我自认为自己是一个开放型的作家，更是一个开放型的读者，我于阅读上所得到的愉悦，有时真的激发了我的创作灵感，但我于写作时，从来也没有为自己树立过任何参照，因为我是想让我的读者站到我这座桥上来，能够看到他们在别处看不到的风景，至少不要让他们在我的这座桥上看到风景之后，再让他们联想到似是在什么地方也看到过相似的风景，一切的艺术都是个性的艺术，再杰出的作品也只能是我们在桥上看到的风景，它们绝对不是我们自己的艺术领地。

我与外国文学，于赏析上距离很近，于写作是拉得很远，赏析上的亲近，使我能够用心灵去感觉外国文学作品的艺术魅力，写作上拉得很远，因为我要创造一道属于自己的风景线。我潜心写作几十年，可能没有人能说出我的写作和一位什么外国作家的作品相近，我自己更说不出我受了哪位外国作家的影响；但可以说，没有外国文学作品对我的熏陶，我不可能有这样的写作心境，我也不可能有对于我来得心应手的表现手法。

我没有存心戒备过外国作家和外国文学作品对我的影响，但我心中总有一道不可逾越的艺术防线，这道防线就是我自己从属于其中的母语大地。

我与外国文学，永远是我在桥上看风景；正就是这一道道美丽的风景，激励我去开拓一片属于自己的风景线。

三·平常人说平常

坐冷板凳者说

文学创作的经验是无可借鉴的。

每一位作家都有他自己的生活经历，每一位作家也都有他自己的艺术空间；文学创作不同于科学研究，做科学试验，同样的元素，同样的环境，同样的程序，必能取得同样的效果；而在文学创作上，同样的生活经历，同样的文化素质，同样的工作条件，却绝对不可能写出同样的作品。所以，与其在文学创作中寻找经验，倒不如为从事写作而建树一种精神，凭借着这种精神，也许就能为自己开拓成功一条走进文学的道路，凭借着这种精神，一个人才能发扬自己的艺术灵性，一个人也才能够写出好作品。

人们都说为文之道是寂寞之道，但是在作家群中，真正耐得住寂寞的人，却并不多见。尤其是在历史转型期中，文学是能够敲开名利大门的敲门砖，凭借着一点儿才气，在大轰大嗡的年代里制造一点轰动效应，于是由此成为文学明星，然后步入名流行列，想得到的都得到了，连想也不敢想的也得到了，于是从此走出寂寞，也就同时走出了文学。

文学现象中有棒煞和捧煞，其实还有一种美煞，一个作家在良好的自我感觉中，被美煞了，这种人至今活得还很得意。殊不知，在有文学良心的作家眼里，这些人活得很可怜。

在中国文坛，我坐了几十年的冷板凳，整整25年的时间，我被剥夺了读书和写作的权利，我不知道这是不是“母亲打儿子”的游戏，但我确确实实失去了全部的青春。1980年我得到平反，回到文学界中，那正是中国文学的黄金时期，一篇小说就是一个时代，一部作品就是一个明星。只是，那时我执着，我写诗。

诗歌创作历来是哗众取宠的最好手段，果然一段时间就有千百个流派制造了强大的迷惑。我有自知之明，我只是老老实实地写我的《无名河》，因为那里是我生命成熟的地方。写了几年诗之后，我发现我正在被人们逐出诗坛，中国的诗坛，理所当然地要进行一次革命，而我再顽固地坚持着什么“道路”，只怕又是一次生命的最大浪费。换一个地方去坐冷板凳，也许就又为自己开拓出一条道路。

中国的文坛真是可怕，这倒不是说什么人要霸占世界，是中国的读者有着顽固的接受惯性，在文学是一片空白的时候，第一批出现的作家，就是文学的巅峰，而对这一批作家的作品有所觉悟的作家，就不可再能被人们接受。80年代之后，真不知要坐多少年的冷板凳，才能再出现一副新面孔，而且就是出现之后，也还是只让你坐在冷板凳上。

坐冷板凳，要有一种精神，看着别人得奖，看着别人成名，尤其是看着一些并不是文学的文学作品成了文学范本，能坐在冷板凳上不动，大概这就是佛家说的那种“入定”境界了。我不是不能写苦难，但我绝对不愿意把苦难写成花朵，我也许未必不能贴近什么，但我知道，我一不懂得政治，二不懂经济，说三道四地制造出来的廉价乌托邦，只怕也仍然是一种社会紧急订货，时间淘汰了多少这样的作品，我自己记忆犹新。

坐冷板凳，但不面壁，我观察着，我思考着，我认真地阅读着每一部引起了社会轰动的作品，我在他人的成功中，寻找自己应该的回避。我一直认为，在文学创作中，借鉴他人是一种失败的选择，文学启步于发现自己。

在这里，文学又不同于科学研究，在科学研究领域，一项实验的成功，随之必然会提出一个新的课题；而在文学创作领域，一部作品的成功，又必然会引出一大批的模仿和重复。在科学研究领域，是接力跑，而在文学创作中，却有一些人喜欢跟着跑。跟着跑，走阻力最小的路，成功来得容易，因为由一部作品启动的阅读惯性，必须有一大批作品才能满足社会的订货需要，热门话题，永远是作家的创作冲动。

但是，也一定还有人坐冷板凳。不是有什么修养，而是这些人一旦离开冷板凳，他们就失掉了自己。我也曾经冷静地想过，如果当年我没能坐稳冷板凳，何以会有我后来一批作品的出现？当时的热门话题是工业改革，是浩劫，是中国农村的出路何在？我在工厂里改造了十几年，但是对于工业，我没有自己的思考，所以，我不敢制造工业乌托邦；对于农村，我一无所知，中国的农村走哪一条路？不是我能够回答的问题。青春题材，我早已没有激情，而且我也不认为青春就是性爱。怎么办？只能是坐在冷板凳上寻找自己。

一个聪明的作家，必须先知道自己的所短，然后，再寻找自己的所长；当然也有人反其道而行之，他们先知道自己的所长，然后再暴露自己的所短；只是，一个作家一旦暴露了自己的所短，那么此时他的所长，只怕也就被人忘掉了。

终于，绕开他人，从1985年开始，我发表了第一部被人们称之为是“津味小说”的作品，为什么我想起写这个“津味小说”了呢？因为坐冷板凳太不是滋味了，寂寞的日子是难熬的，我必须在喧嚣的文坛中寻找到自己他人不可代替的位置，我想到，正是他人不能代替我的地方，才是我的立足之地。

我生在一个旧式人家，我亲历过一个大家族没落的全过程，从这个大家族没落的过程中，我看到了一个社会体制崩溃的全景；我和先辈革命作家不同，他们作为勇士，为推翻这个行将崩溃的社会体制进行过浴血的战斗，而我却是在这一场社会大搏斗中，从那个崩溃的社会废墟中获得了新生。由此，我以为我有着自己独自的视角，从这个视角展开我的文学世界，或许我会写出他人写不出来的作品。

这样的作品不可能引起轰动效应，有人说这不公平，我则认为这很正常，对于一个作家来说，正常是最可贵的，不正常反而可怕。读过我最初几部小说的人，都说有趣儿、好看，我想这个有趣儿、好看，就是对我最好的定位。一部小说如果没有趣儿，或者是不好看，那它的意义又在什么地方呢？在这一点上，我极顽固，我不羡慕什么大奖，也不羡慕什么荣誉，作家以自己的良知体验人生，作家以自己的作品剖析历史，我想这就是一个作家文学生命的最高体现。

就这样，我在文学这条冷板凳上一坐就是10年，再加上写诗的几年，我已经在冷板凳上坐了将近20年，这20年的时间，风起云涌，大流淘沙，我记着一位老作家的话，一个作家能在文学史上留下一行文字，那该是多么不容易呀。

有时间诸君到天津来，你们就会看到，如今我还在冷板凳上坐着。家里的信箱里只有书报，没有请柬，没有邀请信，几乎很少有开会通知。家里的电话铃响，只是有人问我答应给他们写的小说为什么还没有寄去，也没有人通知我去领奖。我很羡慕有的作家出现在报端上的名字使用的是一号黑体大字，我更羡慕有的作家已经成了家喻户晓的电视明星，只有我还在冷板凳上坐着，坐得有来道去，坐得美滋滋的。

我走过的道路不值得效仿，但我只能走这条路，因为世上留给我的路只此一条。条条道路通罗马，文学世界的罗马城并不遥远，只是没有轻巧。

平常人说平常

“平常”二字，本没有什么深义，不过平平常常而已，走在街上，只要再有一个行人，人们也不会看你，公众场合，你只要不大声喊叫，人们更不知会场里有你，参加什么会议，主持会议的领导，举目扫视会场，明明你还站在外面，主持会议的主席就向众人宣布：“人都到齐了，开会吧。”明明没把你算在人数里。会议结束，主持会议的人念名单，哪些哪些同志请留下，保证没有你的名字，快码儿地跑进饭堂，吃头一桌热乎饭。

平常人自有平常的福。

只是有时候休想平常，譬如1955年，直到最后被定为是“胡风分子”，也是忝陪末座，平常得人们想不到“分子”里还有这么一个小青年。到了1957年，知识分子被定为“反面教员”更是平常事，于是又沾上了一次平常。随后，平平常常地被送进了农场，平平常常地改造了好多年。

在单位挨斗，众目睽睽，似是颇不平常，但是送进农场，人人老右，我等右派小崽儿，更属平平常常。只要我平平常常地每天跟着大家一起出工，只要我不再兴风作浪，管教干部绝不会找我谈话，全国闻名的大右派多得是，平常如我，自己每日检讨对不起这，对不起那，似是真碍了人家正事，但人家压根儿也没把我的对不起放在心上，平平常常，就是因为只有把我送到这儿来，才属平常。

如是，一直到离开农场，上面才发现原来我还没有摘掉帽子，和来时一样，平平常常。干部说，连前朝的皇帝和杀人放火的战犯都改造好了，怎么你就这样顽固？差矣，非我顽固，乃改造我没有价值也。改造好、改造不好，都无关紧要，改造好了也平常，改造不好也平常，索性原样放出去，放到工厂去扫地、打扫厕所、蹬三轮，更是平常。

说到浩劫挨打，更是平常，中央委员，国家主席尚且触及皮肉，平常如我，打上两拳、踢上两脚，也没有什么不平常。运动高潮，能和市委书记一起挨斗，也算是有点不平常了，但是陪斗之后，走在街上，本以为人们一定会认出刚才电视屏幕上站在市委书记身边的那个人是我，但是枉费了一番辛苦，就那么平平常常地走回家来了，还是平常。

生为平常人，要想不平常谈何容易，好容易盼到平反，本以为25年不倒的好汉，也该属不平常者辈了；但后来说是打俺的是娘，世间之事，娘打儿子最平常，如是也只好捂着嘴巴，于人们问及何以脸肿的时候，就只说是牙疼，更是平常。

平平常常，平平常常，到后来人家写小说可以不平常，而我写了小说却是更平常，继而少壮派崛起，连“平常”二字也配不上了，近有骂当年“反面教员”继而写小说者辈为“狗屁”者，倘其中有我，也是平常狗屁而已，狗屁也平常。

平常就好，平常人难做，平常人有福，莫看不平常人前呼后拥，其实他等才是想平常而不能得平常，且又是落难于不平常之中的平常人了。前二年，家乡好友向官府举荐本人出任委员、代表，只吓得本人连连向诸位好友拱手作揖，使不得，使不得也，大半生平平常常，最后又落个不平常，枉煞我也。且我本人红地毯上立不得，立在红地毯上便头晕目眩，一旦红地毯上立久了，神志恍惚，满嘴食火，真再惹出祸端，只怕又要吃不了兜着走了。到最后，官府批件下来，称老朽我因不是好的合作伙伴而未被选中，此时我才感知官府是何等的可爱，更感知多年来不知感恩戴德、别别扭扭、骂骂咧咧之可憎可恶了。

咱们是写小说的，往那里面挤有什么意思？平日里常在电视上看见三几人扬扬得意地和政要们坐在一起，或举手拥护，或一致通过，如我平常人者，真是羡慕非凡，此时此刻自然便想，倘若此中有我，该拥护时不知举手，该通过时不肯一致，那岂不就要大煞风景了吗？平常人也只能是平常活着，想过得不平常，弄巧成拙，只怕还不如平常快活了。

及至再看到写小说的平常人自诩会引导人类命运，平常人如我，就更为他等捏一把冷汗了，引导人类命运果然重要，但只写过篇把小说就以民族骄傲、人类精英自居，怎么就不怕明眼人耻笑？有那么大的能耐吗？没有那么大的金刚钻，就敢揽拯救人类的瓷器活，真拯救不好，把人类引入迷途，那岂不就没脸儿见人了吗？

其实写小说的人，才是世间最平常的人，以平常心看世界，才能写好平常人，古往今来一切小说之中，写的尽是平常人；把平常人写得不平常，于是就有了高大全，视平常人为群氓，如是才炮制出样板戏，用以“教化”平常人。也只有平常人最愚顽，“改造”人类的宏伟浩劫之后，依然平平常常，倒有如我者辈的老平常人大难不死，自知更要平常。

据云，世间非平常人，每500年始出一个。如此微微定额，治世精英尚且常有平常人，甚或不如平常人者混迹其间，写作小说者辈，就更无缘不平常了。

所以，小说一不可用以治国，二不可改造社会，三不可拯救人类，小说写作诸公自不必自作多情地以为自己绝非等闲者辈了。让你写小说，你是一个作家，不让你写小说，你就是一根皮之不存毛将焉附的小细毛儿了。到再打你做了“反面教员”，那就足以用来教化民众了，不光是教化民众，还教化读书人了。读书人胆儿小，看有“反面教员”榜样，为保佑自己不致沦为“反面教员”，他等就一条心了。

积大半生阅世经验，最知平常人可贵，而所谓平常人者，一是要把自己视为平常，二是更不要把他人视为不平常，我平常，你平常，他也平常。我说我不能拯救世界，是知道自己平常，他言称自己能够拯救世界，是怕别人看出他并非不平常。如是，见平常人，你当爱他信他近他亲他，见不平常人，你也不必畏他，怕他，敬他，拜他，你只要远他，疏他，防他，臭他，多少年后，再回过头来看他，到此时，他早就原形毕露得不如平常了。

做平常人可贵，为平常人写作得福。

留下一片真情

燕祥先生赠我他的文集《人生败笔》，卷首写着一行警示“不堪回首而不敢或忘”，道出了我们这一代有过不幸经历的人们的共同心愿，燕祥先生的书，收集了他写于那个不幸年代的种种“交代”材料和自我批判，燕祥先生说：“无论违心的或真诚的认罪、条件反射或处心积虑的翻案；无论揭发别人以划清界限，还是以攻为守的振振有词，今天看来，都是阿时附势，灵魂扭曲的可耻记录。”

在和燕祥先生通电话的时候，我对他说，这个“可耻记录”，是就那个时代说的，至于我们每一个受过伤害的人，无论留下怎样的记录，都是留下了我们的一片真诚。我还对燕祥先生说，正是在这些“可耻记录”当中，我们看到了一颗光明磊落的心，更看到了被那个时代逼出来的机智。1967年，应该就是“文革”的第二年，也正是我们这些人受难的一年，我们被赶进了牛棚，接受没完没了的审讯，要想不出卖他人，没有一点儿狡猾是混不过去的。燕祥先生在一份为朋友写的旁证材料中，有一段非常精彩的文字，燕祥先生写道："在揭发材料中对陈庚说这句话的含义，我曾提出几种猜测，最后说，到底具体所指是什么，要陈庚本人做出交代。"不知道这样的交代材料交上去，造反派对燕祥先生采取了什么对策，如果他们真就找"陈庚本人做出交代"去了，那才是上了燕祥先生的鬼当呢。

据说燕祥先生这部书出版之后，许多保留着当年"可耻记录"的学者，都开始整理那些材料了，或者他们也想有机会把他们的"人生败笔"公诸于世，为后人留下一些思索。

至于我自己，那样的"可耻记录"实在是太多了，反胡风运动中，我也曾经写过揭发阿垅的材料，而且堂而皇之地发表在日报上，但我的揭发并没有使我逃出那一场劫难，我那一点儿小小的狡猾，也没有蒙住领导和群众的雪亮眼睛，最后我和阿垅一起落下了同样的可耻下场，长达25年的农场、农村生涯，我一直过着脱胎换骨的日子。

反胡风运动中，在揭发阿垅的时候，我也曾使用过和燕祥先生同样的机智，当审讯我阿垅说的一句什么话的时候，我也是说"至于具体所指是什么，要阿垅本人做出交代"，看来人们的智商也还都是相近的，而狡猾的本领，也都是不相上下的。

唯一遗憾的是，在我平反之后，主管部门倒也退回给我一些材料，但我当年写的那些“人生败笔”，却一份也找不到了，据说这些材料都由主管部门销毁了。找不到自己的“人生败笔”，我就找他人写我的败笔，跑了多少趟图书馆，一点也没有找到，那些败笔，也都随着推翻不实之词的过程一起销毁了。我寻找那些材料有什么用呢？因为我想写关于胡风冤案的著作，那些材料对于我来说实在是太有用了。后来听说，倒是国外的图书馆保存得完整，但也苦于没有途径，也只好望洋兴叹了。

幸好有许多有心人，他们还珍藏着一些材料，真也是功夫不负有心人了，这许多年我竟然搜寻到了不少的材料，一套完整的批判文集，竟然被我搜寻到了。就连尽了一切力量搜寻这些材料的胡先生的女公子张晓风，都向我索要关于胡先生的材料，自然，我欣然把一些对她来说极是有用的材料，转交给她了。

我的老师阿垅，也就是株连我成为“分子”的作家，他生前出版的一些著作，搜寻起来就更困难了，阿垅先生的著作，早就在运动的当时被销毁了，阿垅先生平反之后，阿垅先生的独生儿子陈沛，想尽了一切办法，就是找不全他父亲生前出版的著作，几次我们一起商量，也没有想出什么好办法。

去年冬天，一次在天津劝业场开会，劝业场一位老职工对我说：“林先生，我家里还保存着当年画你的连环画呢。”

啊，这可是喜出望外的事情了，在历次的运动中，漫画曾经是一种有力的武器。立刻，我对这位朋友说，真是太感谢你了，为了搜寻这些材，我可是下了大功夫了，难得有人保存下来那样久远的材料，希望你在方便的寄给我。

没过多少日子，那位朋友将一份复印的旧连环画交给了我，连环画上的“故事”，就是当时阿垅和我“进攻”的“可耻记录”，画上那个射箭的小青年，是我，那时候我叫侯红鹅。反胡风运动开展的时候，我只有19岁，正在阿垅老师的指导下学习写作，一个只有19岁的中学生，按道理说，反胡风运动和我没有一点儿关系，但悲剧就是要在这一冤案的基础上扩大战果，这一扩大，就把我扩大进去了，一个只有19岁的中学生，也成了胡风集团的成员。对于制造悲剧的人来说，这也许又是一桩成绩。殊不知，这一扩大，反倒幽默了运动一把，你看这幅漫画，“罪大恶极”的阿垅，居然把箭交到一个孩子的手里，就算我臂力过人，即使我拉满了弓，那支箭能射出多远？

也许是为了修正这幅漫画的不合理，后来我又看到了一幅漫画，这幅漫画把阿垅画在了前面，站在后面往弓上放箭的却是一个孩子，而在那个孩子的身边，还写着侯红鹅的名字。这一下，更可笑了，由我一个19岁的中学生，往阿垅的弓里放箭，那阿垅也就没有多少“罪行”好说了。

荒唐岁月已经成为永远的过去，公正终于得到申张，重新“赏析”这些材料，无论是自己的人生败笔、还是他人的人生败笔，都像儿童时期听鬼故事一样，不过是对于美好善良做一点点负面的补充罢了。这种负面的“赏析”非常必要，它提示我们时时不要忘记过去，更提示我们公正的社会和正直的人生，真是来之不易呀。

人生败笔其实正就是历史的败笔，踏过历史的败笔，我们所珍惜的更是时代的清明和人的高尚。

“愧则有余，悔又无益”

据说有的作家有极好的自我感觉，几篇小说写下来，就感觉自己成了社会精英，于是大言不惭，把前辈人都说成是“死石头”，而且扬言说，“如果他们写的是小说，那我写的就不是小说；而如果我写的是小说，那他们写的就不是小说”云云。

信哉斯言，不必小儿张狂，老朽我就先声明，我写的，不是小说。

活到60岁一大把年纪，没有得意过一分一秒，总是站在路边看着人家高门楼里热闹，更总是站在台下看着人家辉煌；最后被逼着走上了一条写小说的道路，写了几篇之后，倒更发现原来在人生的一场搏杀之中，我只是一个失败者。有悖于父兄教育，没发财致富，光宗耀祖；更愧对组织培养，未能为国分忧，哪怕多多少少地负上过一点儿责任。抚今思昔，前20年天下人负我，后20年我负天下人，天生我才有何用？许多时候，夜不成眠，暗自也落过几滴眼泪。

如此，我才理解，何以当一个人最落魄的时候，就会想起“当日所有之女子”，“其行止见识皆出于我之上”了。不是自作多情，自作多情的人，可能玩味“当日所有之女子”，但不会赏析高洁和美丽；唯有零落人间的落魄人，才会有真诚的悔恨，也才有最最刻骨铭心的爱。

于是，我写了桃儿、杏儿，写了《婢女春红》，写了那些“行止见识皆出于我之上”的美丽女性；正如我在《菊儿姐姐》的小说中写的那样，在绝望的年代里，她们给过我温暖，在农场不眠的长夜里，我枕边的泪痕里有她们的惋惜。如今我写《金枝玉叶》，写侯家大院里的姐姐、妹妹，写那些像蓝天一样，却又似一股气儿一般地一瞬间就不复存在了的一切一切，如果说也有什么目的话，也不外乎就是要对自己说一句“失去了亲情的人类，必将落入灾难”。

如果说写老天津的三教九流，我写得洒脱，那么写这几位女子，我写得痛苦；我如一个虔诚的信徒，临摹天使的画像，我怕自己心底的污浊遮掩了她们生命的灵光。回忆这一切，对我，是无限的幸福；对读者，或者会得到一点儿慰藉。亲情这样美好，为什么我们曾经摈弃过它？

正是面对给过我们温暖和爱的人，我们才深知何为“愧则有余，悔又无益”，而重新走近这些“行止见识皆出于我之上”的女子，我才再不敢说自己是一个小说作家。

至于那些精于写小说之道的人，自然不能理解，一个老之将至的人，何以会有这样的感情?

50年的岁月，留给我的只是“愧则有余、悔又无益”。

不亦快哉

年过花甲，碌碌大半生，一无所长，一无所成，一无所得，一无所失，果然赤裸裸来，还要赤裸裸去也。不亦快哉。

1955年反胡风运动，19岁，被株连，隔离审查，竟被关入单间小房；白天，审查人员击案怒吼："你们的案子破了！"并将手铐置于桌上，慑我选择坦白从宽道路。恰此时又传来友人被捕消息，前途未卜，惊恐万般，夜不成眠，不思饮食，每听门外脚步声，便以为官家捉拿归案来了。如此恐怖日月，竟然没有吓死，不亦快哉。

1957年反右派斗争，余虽没有任何言行，也没有进攻铁证，更没有"策划于密室，点火于基层"，但右派据云乃客观存在，无论出洞、入室与否，蛇蝎豺狼本性绝不改变，如是被列为重点斗争对象，每日恭听革命群众高呼种种口号，最长斗争会长达16小时。斗争结束后，余已无力步出会场，亏有革命群众中立场不坚定者，将余拖回禁闭室内，舒缓片刻竟又活转过来，如此没有斗死，不亦快哉。

1958年“大跃进”，时在农场，每天劳动10小时，挖河，上口3米、下口1米、深2米，完不成定额不得收工，一日中午，烈日暴晒，一时天旋地转，竟然晕死河中，经农场学员请来兽医抢救，起死回生，又捡了一条不值钱的小命。三年苦干，没有累死，不亦快哉。

1960年大饥荒，每天6两定量，早晨1两稀粥，真是勺子搅三搅，浪头打死人。中午3两，一个半窝窝头，以增量法制作，吞下腹内竟无果腹感觉。晚上2两，一碗汤面，清水之中，打捞再三，竟不见几许面条，未经多日，余便患了浮肿病，全身肿得似一具浮尸，眼睛几乎无法睁开，全身无力，走路都要喘大气，真是眼看就要毙命了。三年饥荒，没有饿死，不亦快哉。

1966年“文化大革命”，我因胡风、右派两重“前科”，被定为终将带着花岗岩脑袋瓜子去见上帝的死硬分子，如是革命群众每日对余触及灵魂，触及皮肉，拳脚相加之后，仍不解气，更以细钢丝绳系上两块砖头，吊余颈上，未及多时，只见滴滴鲜血流在胸前。此时革命群众还命令余背诵语录，余少慧，一切文章过目不忘，虽然颈上有砖头两块重负，依然口若悬河诵出“我们的共产党和共产党所领导的八路军、新四军是革命的队伍，我们这个队伍完全是为了解放人民的，是彻底地为人民的利益工作的”。革命群众念我有悔过表现，著作未及背完便下令让我滚蛋。十年动乱，没有把我打死，不亦快哉。

1976年天津地震，时在夜半，睡梦中被震下床来，此时房倒屋塌，苏醒之后，觉得似还活在人世。一场天灾，没被砸死，不亦快哉。

时至1979年，消息传来右派问题将予平反，但我还有个“胡风反革命集团”尾巴，故不能彻底解放，还要控制使用。彼时许多旧友已经开始写作，唯我不准握笔，几次找到市委，只回答说等待“精神”。一天天、一日日，竟然又等了将近一年，直到1980年10月，才有文件下来。一天下午，余奉召到市委开会，会上一位领导对前来开会的几位朋友说：“这些年大家受了委屈。”然后，就宣布散会了。等了这许多年，等来的就只是一句空话，许多人愤愤不平；唯我泰然，没有因此气死，不亦快哉。

平反之后，拼命工作，要把失去的时间夺回来，夜以继日，每天写作，突然一天夜里心脏停止跳动，幸亏老妻在身边，抢救及时，才没造成“惨痛损失”，事后想起，一场心脏病竟然没有病死，不亦快哉。

如上所述，1955年一场反胡风运动，差点没有吓死；1957年一场反右派斗争，差点没有斗死；1958年“大跃进”，差点没有累死；三年大饥荒，差点没有饿死；“文化大革命”，差点没把我打死；1976年地震，差点没把我砸死；落实政策，差点没把我气死；又一场心脏病差点没把我病死……此时老妻说道，你已经经历八死了，人说九死一生，你还差着一死呢。立即我便回答老妻说："娶了你这样的好妻子，差点没把我乐死。这不就是九死一生了吗？"老妻骂我混说，哈哈一笑，不亦快哉！

而且：

农场改造长达4年，突然一天农场场长将我唤到办公室，和颜悦色地对我说道："林希呀，你这个人就是太老实，怎么人家把你送到什么地方来，你就到什么地方来了呢？现在告诉你吧，你一不是逮捕，二不是劳教，你被送到这里，是让我们代管。如今清理案件，我们要把你送回去，你快些准备去吧。"如此，我就被送回市里来了。农场4年，原以为触犯国法，接受惩罚，后来通知说屁也不是，只是代管，落下一身清白。一番改造，长长见识，不亦快哉。

1966年以颠覆国家罪"审判"阿垅，本人以参与"颠覆"，又蒙宽大身份出庭做证，法官问余："阿垅对你进行特务拉拢，颠覆国家的罪行，是事实吗？"余答曰："没错儿。"如是，做证结束，法警将余带出法庭。事过10余年，胡风案平反，法院通知说那次出庭做证无效，余方知法律有时也可能开个玩笑，而余竟然值得供法律"找乐"，于世界也属稀罕了，不亦快哉。

1980年平反后，领导通知余曰，档案里的材料已经付之一炬了。回想当年定案之时，那些材料经余一一过目，且令余按过指纹，以示永世不得推翻。如今这等如山铁证竟然付之一炬，变成一堆纸灰，那些曾经怒斥余不老实的人，如今竟然承认自己不老实了，不亦快哉。

平反回到原单位，许多当年斗争英雄纷纷过来热烈握手，再三解释说："当年我们也是没有办法。"回想当初，又是"揭发"，又是攻心，又读《敦促杜聿明投降书》等等，原来都是没有办法之时想出来的办法，真难为诸位战士了。听他等说那么多的办法，原来都是没有办法时的办法，不亦快哉。

此外：

脱胎换骨之时，扫马路，拾得一页旧书，想来一定是扫四旧焚书幸免于难的纸片了；打开一看，竟是自己少时文章片段，苦苦一笑，又弃之路边，随即被风吹走，看自己文章漫天飞舞，不亦快哉。

脱胎换骨之时，扫厕所，竟于粪坑内发现许多学习材料，每页学习材料正中都有一点儿秽物，不亦快哉。

浩劫时，游街，前面一牛鬼蛇神，游至路中，遇其子放学回家，当即唤住儿子，并大声向儿子说道："小二，回家告诉你妈，晚上我还有一场，给我开门。"说罢，又随众牛鬼蛇神一起向前游去。游街，竟成一种职业，不亦快哉。

文艺宣传队演出，一节目为演唱《学习白求恩》，一男子登台高唱云：“有一位老大夫名叫白求恩，家住在美国是加拿大的人。”有韵有味，有板有眼，不亦快哉。

友人孩子结婚，收到礼物，计有著作40套，半身像32件，像章60件，标准像28张，手迹诗词不下50余张，满屋陈列，不亦快哉。

“天要下雨，娘要嫁人。”不亦快哉。

“男儿有泪不轻弹。”居然弹了老泪，不亦快哉。

世上没有无缘无故的爱，也没有无缘无故的恨，只有无缘无故地被爱，也有无缘无故地被恨；无缘无故地被爱，爱不上劲儿了，无缘无故地被恨，恨不起来了，不亦快哉。

睡牛棚，夜不成眠，与身边一医生窃说红楼，不亦快哉。

1两粗粮票，加1角钱，换得1两细粮票，购得炊饼一只，不亦快哉。

清扫厕所，贴“安民告示：小便请向前站”竟是书法名家亲笔墨宝，不亦快哉。

清扫厕所，见造反英雄干燥，目瞪欲眦，不亦快哉。

清扫厕所，到女厕所门外，高声询唤：“有人吗？”内有女子娇滴滴回答：“等一会儿。”不亦快哉。

老而不死漫语

——与《文艺争鸣》朱竞女士的对话

林希：朱竞先生，白桦兄转来你的组稿信，您的设想，极富想象力，可以预期这部书无论将来发行如何，它都是一部极有价值的好书。您在组稿信中提出了几个方面的问题，我只想就其中的两个方面，粗浅地谈谈我的看法，我不是哲学家，所谓看法，也都是自己的直觉，或许没有多少学术价值。但有的时候，直觉可能更可信，直觉才是真实的声音。

朱竞：谢谢您对我的支持。我对您写下的这个题目很感兴趣，为什么您自己说是“老而不死”呢？

林希：中国人对于不同年龄段的人，界定了不同的生活规范：10岁的神童，20岁的才子，30而立，40而不惑，等等。如今老朽已经到了老而不死的年龄段了，老而不死自然就要有老而不死的活法，还应该有老而不死的话题，更应该有老而不死的表述方式，如今应您之邀，要我随便写一些饶舌文字，如是也就只好从命，以老而不死表述方式，写两则老而不死话题，以爽先生之邀，放几句老而不死厥词是了。

朱竞：您在过去的20世纪里生活了半个世纪之多，亲眼目睹了这一百年中发生的一场又一场大大小小的运动，那么您对中国的20世纪的印象是怎样的？您认为知识分子精神存在吗？如果答案是肯定的，您如何理解？

林希："中国""20世纪""知识分子"。

我将这三个词汇断开并列，显然对于我来说，这是三个不同的话题。

"中国"是一个复合概念，对于我们来说，中国不仅仅是一个地理概念，也不只是一个经济概念。在一个作家的情感世界里，中国是现实与梦幻真实的存在，更是血肉和精神永远的负载。中国是一切，中国是永恒。

中国是土地，是天空，是高山，是流水，是土地上的幸福和灾难，是来自天空的风雨雷电，是高山上的花朵和野草，是流水上的波涛和涟漪。我们是因中国而生的，中国也因我们而存在。

20世纪，对于不同的人说来，则又是不同的研究课题，在哲学家的视野里，20世纪是存在，实证，是理，是玄，是精神和物质。而在经济学者的视野里，20世纪则是繁荣，是萧条，是生产，是消费，或者还是危机。而对于作家来说，20世纪则就是他个人以至于是他的民族，再更是全人类共同的生命经历和情感历程。正因为永远不会有理智的作家，那么在作家的视野里，也就永远不会有理智的命题。

那么，“知识分子”，这又意味着什么？

早在20个世纪之前，公元前278年，高唱着“沧浪之水清兮，可以濯吾缨；沧浪之水浊兮，可以濯吾足”“举世皆浊我独清，众人皆醉我独醒”的诗人屈原，于五月五日愤然投下汨罗江自沉，这就是知识分子。而万千普普通通的中国人当得知诗人投江的消息之后，乘着龙舟赶到江边，并用竹叶包着糯米投入江中，以求游鱼不要伤害诗人的尸身，这更是民众对于知识分子精神的认同。“举世皆浊我独清，众人皆醉我独醒”是知识分子，那么一面呼号着“地也，你不分好歹何为地，天也，你错勘贤愚枉做天”，一面又哼唱着“我是个蒸不烂煮不熟捶不碎炒不爆响当当一粒铜豌豆”的关汉卿同样也是知识分子。

知识分子是什么？知识分子是民族的良知。世上没有先知，但却必须要有良知，一个泯灭了良知的民族是可怕的，而良知被扭曲或者是被异化的民族更是可悲的。良知得以弘扬，良知得以唤醒民众，良知得以改变社会，如此一个民族才有希望。我们的鲁迅先生，正就是在人们“翻开历史一查，这历史没有年代，歪歪斜斜的每页上都写着‘仁义道德’几个字”的时候，表现出了知识分子的良知：“我横竖睡不着，仔细看了半夜，才从字缝里看出字来。满本写着两个字‘吃人’。”

不要错以为只要向良知的头上泼几盆污水，良知就变成了愚见。不会的。正如当年一句“什么马克思、牛克思”没有拉住历史的进程一样，今年无论如何骂，也仍然不可能使良知和真理在历史的天平上失去重量。

但知识分子一直面对着严峻的可怕现实，至少在中国历史上，焚书坑儒，固然是最愚蠢的选择，而学而优则仕，又更是一种不流血的扼杀。再至于来自社会底层或者是来自流氓有产者和流氓有智者的摧残，知识分子或者被放逐，或者走向自我毁灭。在人类历史上能够最后自我完成的知识分子实在也是为数不多了。

朱竞：您说的是真正像屈原、鲁迅那样的知识分子目前很少，或者说没有了吧？好多所谓的知识分子已经被利益、权力诱惑，丧失人格和良知。

林希：确实，知识可能转化成经济效益，但“分子”不应该进入市场，今天我们不是时时都在看着那几个成功人士招摇过市吗？这几位自我标榜是知识分子的新贵，早已经背叛了人类的良知，他们或者被摆上橱窗，或者被宠为明星，贫者暴富，富者暴贫的治世权术，正在这些人的身上做着试验。良知在那里？良知还在，良知在鄙视的目光里，良知在生理的厌恶中。

朱竞：在您看来，知识分子所承担的最大责任是什么？

林希：天下兴亡的神圣责任感，曾经使知识分子苦苦地思索了几千年，思索的结果，又偏偏得出了匹夫有责的结论。只是历史也有改变走向的一天，今天天下兴亡的命题终于随着冷战的终结而渐渐地淡出了人类的生存境地，而更多的存在危机却又一个个地接踵而来，今天无论怎样从字缝里看出“吃人”二字，都已经不再具有唤醒民众的效应，倒是在新的境遇里，人们在探究新的生存模式。那么，知识分子也就更应该坚守自己的良知，沧浪之水还在，无论濯吾缨兮还是濯吾足兮，那就看知识分子如何定位自己的价值观念了。

捷克作曲家德沃夏克，于旅居美国期间创作了他不朽的名作《自新大陆交响乐》，乐曲中贯穿着的民族情爱，多少年不知道感动过多少人，直到今天，我每听到这首乐曲，仍然潸然泪下。到底是一种什么力量打动了万万千千人的心？这种力量正就是捷克民族深深融入每一个捷克儿女心灵中的精神力量，也是任何一个民族烙印到她每一个儿女心灵中的不死力量。

朱竞：这种力量只要有一个人，也会融入这个人的血脉之中，只要有一个人，这种精神力量就不会泯灭，无论你承认还是不承认，这种力量永远激励着整个人类。

林希：是的。我相信有这种力量，我为自己感受到这种力量而骄傲。我更因自己血脉中有这种力量而自强不息。我不相信有超然于这种力量的任何神话，我更不相信任何狂言，说他们如何改变了历史的进程。

人类是伟大的，人类因有良知才伟大。

朱竞：优秀的民族才会产生伟大的作家和艺术家，才会有经典的作品流芳百世，才会让全世界的人感受到其中的精神和力量。作为作家，您接触和阅读的文学作品一定很多，那么您认为中国当代文学创作存在的主要问题是什么？

林希：我告诉你，当代中国文学创作的主要问题是无耻！

无耻是无耻者的敲门砖，无耻使无耻者敢于将他们无耻的垃圾拿上文坛，并且收买更多无耻的人出来为他们喝彩；无耻是无耻者的强心剂，无耻才使无耻者敢于大言不惭地将他们无耻的话印在被他们买到手的报纸和杂志的无耻版面上。无耻是无耻者的遮羞布，无耻因有无耻一块遮羞布而不再感到无耻；无耻是无耻者的登龙术，越是无耻，也就越能得到本来不属于他们的一切。

朱竞：您是说当下的一些不正常的时髦写作吧？有人说，

只要是别的什么事都做不了的人，就去当作家吧！然后一些批评家马上跟着凑过来拿着红包大吹大擂一番，于是就吹出了“少年作家”“主持人作家”“导演作家”“美女作家”等等，听说最近又推出了一位正红的“妖精作家”。我们怀念并向往阅读经典作品的年代。

林希：是的，少年时代读书，学校老师多以严厉著称，每遇学生于作文不知努力者，便严词斥责。此中轻者如“不知所云”“文不对题”“章法混乱”“词不达意”为多，重者则斥之为“东拉西扯”“语无伦次”“云苫雾罩”“一派胡言”，不一而足。再遇不良学生，则直批二字“该打”！而且学生要将老师批语带回家中，呈父母过目，每遇有严厉批语，家长自有一番责罚，学生自己也甚感羞愧。

只是半个世纪之后，学风突变，“不知所云”标榜为“朦胧”，“文不对题”标榜为文体试验，“语无伦次”标榜为时空倒错，“词不达意”则更标榜为新潮。再至于东拉西扯，一派胡言，就更标榜为颠覆。更为甚者，文章以满口粗话为荣，“作家”因下流而走俏。时代进步乎？文坛堕落乎？吾人不得而知也。

旧时骂人，有“无耻之尤”一说，意为于无耻者中已经就是出类拔萃者了，但当今之时，无耻已没有上线，或者换句时髦词汇，叫作无耻不封顶，怎么无耻都不为无耻，如是，世上也就没有“之尤”一说了。

男女隐私，街头交媾，性器特写，父女乱伦，再什么“同志party”，“男女三明治”，潮涌而来。非老朽保守也，老朽也曾经居住国外，种种成人读物更曾尽兴浏览，再至于成人电影，成人表演，虽不敢说沉溺其中，至少也曾见识。但国外种种货色，都直接标榜是成人消费，炮制者，也隐名埋姓，几乎连妻子儿女都不知老爹哪里发财。哪里似我祖国，无耻者公开出没，更有人因此得道，堂而皇之地坐上了主席台，还标榜为新人类作家，更标榜他等创造了新文学。知耻乎？不知耻乎？老朽不知所以然了。

朱竞：古人说“知耻而后勇”，但如今，不知耻，亦后勇了。

林希：“文革”浩劫，充当打手，“文革”事后，不肯谢罪，只摇身一变，好汉一条，依然人五人六，说三道四，而且指手画脚，俨然正人君子。“知耻”二字已荡然无存了，此真乃不知耻也后勇了。

无独有偶，步着不知耻亦后勇的后尘，新一代小才子也趟起浑水来了。一个以写官场小说走红的作者，为聚敛钱财，竟置廉耻于不顾，走火入魔地捏造了什么气功大师和“生命科学”的垃圾读物，还自称是发现了黄帝内经，更吹捧过一个江湖骗子，一些人因轻信了这位作者的“专著”，便去找那个江湖骗子治病，结果不仅被骗了钱财，还耽误了病情。谁料风云骤起，种种气功骗术被世人识破，正在人们等这位才子对自己的所作所为向世人谢罪的时候，谁料小才子摇身一变，又推出革命新著来了。只是有心人不免要问，这位阁下到底是上次说了假话，还是这次在说假话呢？那么，到底是上次无耻，还是此次无耻也哉了呢？其实上次无耻，此次更是无耻了也。

更有甚者，已经作古了的汉奸文人，竟变成了几个出版商手中的摇钱树。最近还挖掘出来一位女作家，据说这位女作家的小说和当年鲁迅先生的杂文在20世纪30年代的中国文坛平分秋色。唯一不同的是，鲁迅先生在白色恐怖的包围下和反动势力斗争，而这位女作家却在上海沦陷时期和大汉奸厮混。中国文坛真到了置廉耻于不顾的地步了，偷生者的苟且竟然与先烈们的鲜血同辉，文坛腐败至此，也真是令人发指了。

如此，再论及那些将一介商贾奉为大师，将言情小说奉为世界名著者，也就不必言耻了。呜呼，我道文坛多无耻，难道还是故作惊人之语了么？

但文坛毕竟还是一方圣土，更多的老实人还在老老实实地活着，也还在老老实实地工作着，尽管这些人如今坐冷板凳，但寂寞中总有乐趣在，中国文坛也就还有未来，中国文坛也还值得读者信赖。无耻者虽众，但文坛不是少数服从多数的地方。如今老朽一席老而不死的闲话，总算还有人敢出来骂娘。中国文坛敢于涤荡无耻者辈，中国文坛希望还在。如是，就算老朽的一则老而不死漫语了。

门可罗雀真神仙

门庭若市和门可罗雀是两种绝然不同的生存状态。

门庭若市是什么景象？看见过，没有体验过；门可罗雀，前几年开始有点迹象，如今愈演愈烈，已经不可逆转了。

门可罗雀有深层原因，有人过去在位时，多少管点事，管点事就有人求你，有求你的人，就找上门来走动。自然，也有人不在家里“办”事，有话坐到饭桌上或是泡在桑拿房里去说，就是如此，门庭也不会罗雀，逢年过节拜年都得预约，更有甚者，逢到节日早早被人接走，说是图个安静，其实也是情感投资，他把你承包了。

门可罗雀对于许多人来说，是一种无法接受的现实，或者是非常不习惯，大家住得不远，还可能同住在一幢楼里，人家门外车水马龙，家里门庭若市，自家门外门可罗雀，心理不平衡，总想着几年前的热闹情景，越想越想不开，真有别扭出病来的。

几年前陪一位编辑去拜访一位前辈教授，这位教授是近代史权威，学术文章写得精彩，国内国外闻名遐迩。只是老人被冷落惯了，电话中问及老教授的住处，老教授不无调侃地说，进了住宿小区，哪幢楼房最破，哪套住房最旧，哪家门铃蒙着一层土，你就敲那户人家的门。

听着是句笑话，其实包容着老人的平和心态和寂寞生活。说到门铃蒙土，自然有些夸张，至少收水电费，每个月总要有人按门铃的。除了这几桩例行公务，学生们也偶尔登门求教，此外哩，实在没有人按门铃了。于此，我倒有深刻体会，我家门铃的使用频率就不高，这二年，连电话铃都轻易不响了。没有人找我“办”事，没有人走动门路，没有人烦请搭桥求见高官，没有人求你网开一面放他一马，无用之人，没有一点儿使用价值，门铃不蒙土才怪。

门可罗雀真神仙，老教授20年退休在家，出版了几十本书，学术随笔更是越写越潇洒，越写越精彩，终日门外车水马龙，家里宾客盈门，能有这样丰硕的成果吗？

车水马龙非福也。年轻人呼朋唤友，亲密接触，那是青年人的生活需要。演艺界更是如何，开始接触演艺界大腕小腕，看他们耳朵眼里总塞个小耳塞，还以为是喜好音乐，时时要听歌曲，后来才知道那是手机外接设备，可见热线联系已成为生活第一需要。

文化人中如今不乏成功人士，家门外车水马龙，客厅里名流云集，一会儿要出席一个会议，一会儿又要去一个地方剪彩，一会儿还要去拍电视，回到家来，客厅里等着记者，这个问对于丁克家庭如何看待，那个要他回答选美大赛孰是孰非。这位成功人士固然风光非常，但此人多少年不写一个字，至今不会用电脑，完全明星化了。

尤其是在官场，世态炎凉更是敏感，一位老朋友，原来是一家大报的一把手，在位时每天早晨才走出汽车，立即就被人们包围，真正请示工作的没有几个，大多是平时难得见领导的人挤过来寒暄，据这位朋友对我说，有些问候十分勉强。但无论是真诚还是讨好，报社一把手，都要点头应对。最后一天，全体职工大会，宣布一把手退休，我的这位老朋友说，立竿见影，中午吃饭就没有人到他桌前说话来了，再看新宣布接任的一把手，饭桌四周已经围成一道人墙，后面的还在往里面挤，其情其景也颇壮观。

其实，这种现象也属情理之中，你不在位了，就是还有人过来嘘寒问暖，大多也属安慰，于人是一种负担，于己也是麻烦，倒不如直接痛快，退休了，早早回家，把工作交代好，把车子交回去，安于寂寞，回家享受门可罗雀，其乐倒也融融。

就是这位老朋友，从一把手岗位上退下来，自我调剂，玩上了摄影，几年时间很是拍出了几幅好作品，令我这个摄影迷羡慕不已，摄影之余，这位老朋友还舞文弄墨，三天五日常有文章见诸报端，退休了，应酬没有了，在家里喝粥比在外面吃海鲜舒服。几年后偶然见面，舒服多了，老朋友玩笑地对我说："快赶上你了。"

门可罗雀，生活仍旧丰富多彩，也是一位老朋友，外语大学的教授，年近古稀，生活要有人照顾，儿女不在身边，老人请了一位保姆，小保姆很是负责，对老人照顾得无微不至，儿女看见就也放心了。

多少时间过去，一天女儿来看老爹，才推开房门，就听见室内传出琅琅的读书声，是念外语，莫非老人开补习班了，走进室内再看，原来是老教授正教小保姆读外语。女儿对老爹说，我们学外语，你问都不问，今天倒教小保姆学外语了。老人回答说，我不忍看着人家孩子荒废青春岁月，我对孩子说了，两年之内，我保证你的外语水平达到4级。

事后，老人的女儿对我说："我老爹一辈子就喜欢教人学外语，他听学生跟着他念外语，比听梅兰芳还惬意，如今好了，有人时时在他房里读外语，心里可高兴了。"

门可罗雀，是楼道外面的事，住房之内，生活内容要自己创造，靠门外的车水马龙创造的丰富多彩，是假繁荣，一旦从位置上退下来，世态炎凉，没有承受能力，心理脆弱，弄不好，真可能别扭出点毛病来。门外不见了车水马龙，电话变哑了，门铃蒙尘了，都不是坏事，只要你守住心灵防线，生活可能更加丰富多彩，说不定还能再做出些成就。一位前辈学者，80高龄，他写文章说，他从年轻时就计划写一部哲学巨著，提纲都写好了，80万字，他在文章中写道，他一定要把这桩使命完成。

何以能够在80岁高龄之时完成80万言巨著的写作使命呢，唯一条件就是门可罗雀，车水马龙之日，宾客盈门之时，写成一部80万字的学术巨著，不可能了也。

门可罗雀是福，享受门可罗雀，门可罗雀为你开启新天地，门可罗雀圆你人生梦想，门可罗雀风光好，门可罗雀真神仙。

享受“不识抬举”

几位记者朋友采访我，向我提问说：“你到过这么多国家，你认为中国作家和外国作家有什么不同？”不假思索，当即我就回答说：“外国作家不识抬举。”

怎么就是不识抬举？我在国外看见过许多大场面，可以说是各界名流济济一堂。只是许多场合就是看不见有作家出席。莫非他们那里看不起作家？据说不是。是那里的作家不识抬举，你给他面子，他不买账，“拿大”，厕所的砖头，又臭又硬，拉倒了，人家也就不找那份别扭了。

作家都爱抛头露面，日本作家、美国作家和欧洲的作家很看重是和什么人一起抛头露面。换句中国话，人家得看看是和什么人一起亮相，莫说是不三不四的衮衮诸公，就是叱咤风云的头面人物，觉得和自己不是一路人，作家爷也是不露面，若不，他们怎么就不识抬举了呢。

外国人，爱热闹，动不动就来个大型活动，主办方要请来各方人士，譬如什么庆祝呀，纪念呀，等等，那是非常隆重的。但外国人办这类活动很注意规格，请歌星的时候，就不请作家，请作家，就不请马戏团小丑。请政治家，就不请款爷，请款爷，自然就谁都可以请。

从太平洋到大西洋，电视上每天都有现场转播，各方人士频频露面，却很少看见有作家奉陪。就说好莱坞每年的奥斯卡盛会，若是换到中国，作家们跑门路也要去赶个热闹，还得接受采访，谈谈今年的热门影片，再有自以为可以说三道四的名流，说不定还得给今年的影片打个分，如此再抢个镜头，譬如遇见哪位明星握握手，再和市长常委来个合影，这作家就美死了，这辈子不白来了，风光了，出人头地了。

但是，在美国，奥斯卡盛会，作家们不掺和，没有作家的事，真去了丢份儿。再至于流行歌手们的什么大奖赛，更没有人会想到请个作家来给歌手们做个素质考核，拿个话筒得意洋洋地向歌手们问：“你知道华尔街在哪个城市吗？”真那样，洋人不把你嘘下台才怪呢。

只有中国作家爱掺和事，什么场合都往里挤，可给脸了，还怕不赏面子呢。而且，挤进去就要表现，绝对不溜边儿，哪儿显眼往哪儿坐，能上主席台才最光荣。左边是当红歌星，右边是当红小品大腕，山东话“得”！眼睛都亮了，瞧咱爷们儿，刘瑾的名言，“够瞧好半天的”了吧。

千万别认为我在宣传外国的月亮圆，中国作家不识抬举者更大有人在。而且我的作家朋友，大多不识抬举，所作所为，或可视为千古美谈。

一位诗人朋友，蒙恩被当地旅游部门看重，一天，一个电话打到作家协会，说旅游局领导请这位诗人到局里去一趟。诗人奉诏，不敢抗命，立即登着单车赶到了旅游局，问到办公室，真够面子，确有此事，还是局座召见。在局长办公室外面等了一会儿，秘书出来请这位诗人走进局长办公室里，局长正在看文件，听到脚步声，倒也举目看了一眼，然后请诗人坐下，自己点上一支烟，向我的朋友说道："听说你是位诗人，今天晚上我们宴请日本朋友，据说日本人对于中国旧体诗颇有研究，所以我们特意请你陪席，如果席间日本朋友有人赋诗，请你站出来和他唱和。今后这样的活动还有许多，希望长期合作。"说罢，局长就等着诗人感激了。

偏偏我的这位朋友不识相，他突地一下从椅子上站起来，直怔怔地向那位局长反问说："我若是不愿意呢？"

局长一下子呆了，他万没有想到世上、至少是在中国还有这样不识抬举的书呆子。拉倒吧，想吃这顿蹭饭的人多着呢，随便叫一个，颠颠地，还不得美死。

浙江一位师辈作家，两年前蒙恩被邀请旅游，规格不低，全程最高接待。偏偏又是一位不识抬举的老执拗鬼，当我的这位师长来到指定地方报到的时候，一看名单，其中有一位30

年代在文学界名声欠佳的先生在场，当即，我的这位师长就拂袖而去了，临走还甩了一句不中听的话：“我怎么和他一起旅游呢？”

当然，爱去不去，想去的人多着呢，一个电话就唤来一个，进得门来先感谢领导关照。

那一年去一个地方出席笔会，主办方有钱，财大气粗，请来许多当红作家，而且还给出场费，数额不低，颇具诱惑力。但走进会场，一看桌上摆的名签，重要位置，一个名签，当今最走红以器官写作的“名家”。得知这位“作家”居然也肯屈尊与我等同台登场，至少我呆了。

正在我束手无策，不知道如何是好的时候，背后一位作家朋友拍了一下我的肩膀，“咱走。”出场费不领了，连午饭都自己想辙去了。

我无关紧要，没有拂袖的资格，便小声回答说，“主办方是大家的好朋友，请来的又都是当今大腕，咱别不识抬举呀。”

正说话间，主人宣布，那位以器官写作的当红大腕因为太忙打来电话请假，并向出席今天盛会的各位同行致以问候。骂了句娘，我的朋友和我一起坐下了。

享受“吾不如也”

周瑜想杀诸葛亮，憋出了一个鬼点子，要他三天之内监造十万支箭。天津人说话“太损了”，诸葛亮没有兵工厂，周瑜也不拨军费，唾手之间，就向诸葛亮要十万支箭，换了别人，打开天窗说亮话，你不就是想除我吗？该怎么着，你下手就是，别玩花的了。

但诸葛亮不吃那一套，他自有神机妙算，还拉上鲁肃，做证人，到时候让他说这十万支箭是怎么鼓捣来的。果然，限期未到，诸葛亮将十万支箭搬上江岸，这一下周瑜服了，听过鲁肃的汇报之后，周瑜感慨地叹道：“诸葛神机妙算，吾不如也。”

可悲的是，周瑜明明知道和诸葛亮比起来“吾不如也”，但他又偏偏陷进了“既生瑜何生亮”的心理误区，结果活活将自己气死了。

其实，天外有天，山外有山，能人面前“吾不如也”，一点儿也不寒伧。还说诸葛亮，不光是你周瑜“吾不如也”，连他的顶头上司刘备三顾茅庐，玄德“望南漳策马而行，日将沉没。正行间，见一牧童跨于牛背上，口吹短笛而来。玄德叹曰‘吾不如也’”。刘备这里说的“吾不如也”，是羡慕诸葛亮的隐居山林，表示他自己本来无意得天下，只是天降大任于斯人也，这才不得不出来穷打。

“吾不如也”是一种心理状态，更是一种现实存在，诸葛亮面前周瑜不甘心“吾不如也”；攻打街亭，司马懿大军压境，明明有必胜的信念，依然感叹“诸葛亮真乃神人，吾不如也”。攻下街亭，司马懿军心鼓舞，但最后还是被诸葛亮玩了一个空城计，根本的原因就是司马懿心间“吾不如也”的“恐亮”情结。如果换了周瑜，“既生瑜儿何生亮”，我倒要看看你诸葛亮有多大能耐，一拼，说不定就将诸葛亮收拾了。

“吾不如也”，其实就是甘拜下风。世人再强，本领再大，总难免有“吾不如也”的地方。承认“吾不如也”的现实，摆正自己的位置，如是才不至于像周瑜那样，最后喊一声“既生瑜儿何生亮”，小小的年纪，活活气死。

古代学子，在圣贤面前，总是自谦地承认“吾不如也”，孔子问他的学生子贡，你和颜回比，谁能耐大？子贡回答说，颜回闻一知十，我顶多就是闻一知三。“弗如也”。服了。

后来呢？

子贡承认“弗如也”，一个可能是子贡暗使劲，非得把颜回镇了不可。第二个可能，子贡在“弗如也”面前调整自己的心态，虚心和孔子探讨学问，对于创立儒家学说，做出点无可替代的贡献。倘若子贡也想着“即生贡儿何生回”，最后气出点症候来，那就什么事情也做不成了。

承认别人的强大，是人的美德，安于“吾不如也”，也不等于不长志气。可怕的倒是事事不肯承认“吾不如也”，就是明明知道“吾不如也”，也要争个我强你弱，分出个胜负雌雄，那就是自己和自己过不去了。

再至于面对生活状态，那就更要安于“吾不如也”的现实了。名利面前，相互攀比，你这样了，我那样了，心里永远不得安宁，欲望永远不得满足，那才是越活越累，越活越不快活了。

能够视“吾不如也”为一种精神享受，生活就会变得充实，待遇面前，“吾不如也”，朋友面前“吾不如也”，事业面前“吾不如也”，享受面前“吾不如也”，自己就少了许多烦恼。总是有人劳骚满腹地抱怨别人如何如何，自己又如何如何，越抱怨越不痛快，总觉着社会对不起自己，明明是好日月，也过得没有一点儿乐趣。

享受“吾不如也”，才是健康的心理境界，周瑜在诸葛亮面前“吾不如也”，他能草船借箭，你能带兵打仗，八仙过海，各显其能，强强联手，保证能干成大事业。子贡在颜回面前“弗如也”，向颜回学习，给老师做助手，历史也不会抹杀他的功绩。子贡一定要和颜回较劲儿，甚至动员媒体炒作自己，只要每天在电视上露个面，过不了多少时间，这位“闻一知三”的子贡，其知名度就可能超过“闻一知十”的颜回。只是，名声大震又怎么样呢？闻一知三仍然闻一知三，人家闻一知十的到了什么地方也是比你强。

再至于说到生活上的得失，那就更要安于“吾不如也”了。几位老朋友，应该说都是忘年交了，资历不浅，著作等身，世界知名，就是因为没有官职，一生没有配备小汽车。外面有什么活动，时间允许，挤公交车，手头宽裕，打的。我的一位老朋友说得好，我到了不就是了吗？你管我是坐什么车来的呢？

本镇一位老教授，著名学者，权威，住在一所大学里。朋友们说，找这位教授，不必记什么小区，更不必记哪幢楼，哪个门。进了那所大学，走进生活区，你看哪幢楼最旧，你看哪套住房最破，这位闻名遐迩的大教授，就住在那幢楼，就住在那套单元房里。

令人钦敬的是，这位老教授从来没有抱怨过什么不公平对待，直到如今80高龄，依然精力充沛，更是心情舒畅，读书、写作，每年都有新作问世。一次开会，正好一位成功人士到会，这位成功人士是这位教授的学生。自然啦，成功了么，一切就都得意了，只说住房，绝对不是自己贷款买的商品房，什么房？咱也就不问了，好几套，春夏秋冬，各有住处，应该是很令人羡慕了。

看着这位成功人士坐在主宾席上，我和老教授窃窃私语，还是我心胸狭窄了，我刚说了一句关于这位成功人士的住房，这位老教授立即打断我的话，非常平和地对我说："咱们不和他比，咱们不是做学问吗？后人只关注我们留下了多少精神财富，绝对不研究我们在世时住着多少房子。"

吾不如也。

说住房，我比不得那位成功人士；说到精神境界，我比不得老教授。

享受吹捧

好朋友之间相互说几句敬奉话，只要不存在功利目的，不想制造市场效应，当也是人生的一大享受。

只是，这些年有些人不择手段相互吹捧，使得善意的敬奉也受株连，一听到敬重话就令人生厌了。好像谁说了谁的一句敬重话，就一定有什么不可告人的目的，而且我说了你的敬重话，你就得有回报，今天大家捧一个哥们儿，明天再捧下一个哥们儿，话说得肉麻，捧得哥们儿天旋地转，连北也不认得了，大家相互吹捧起来，立了什么“军”，成了什么“势”，似乎也就天下无敌了。

庸俗的相互吹捧，已经成了当下社会的一大恶疾；所以，无论报上，还是私下里，人们一听见敬重话，立即就产生抵触心理，炒作，一派胡言。

于是，人们已经提高警觉，一听见敬重话，“小子，没安好心，一定是想捞点便宜。”把朋友间的善意敬重，错当作是吹捧。大家相处冷冰冰，气氛极是紧张。

听奉承话，是人生一大乐事，善意的吹捧，也未必都想捞便宜。而且吹捧还会带给人一点儿快乐，享受吹捧，也算是化腐朽为神奇了。

最近本人就颇得一些吹捧，当然不是吹捧我的小说，说到写小说，那是我的正业，你说我写的小说天下第一，立即我就用老舍先生的名言回敬你："您这别是骂我呢吧？"除了小说，无论你吹捧我哪一桩本领我都高兴。

玩电脑，多少专家，编程序，开发软件，甚至于是制造病毒，电脑犯罪，个个身手不凡，绝对是高级专家。但近来天津文化界传言，说我是电脑高手。业内人自然对我有公正评价，"你算哪棵葱！"明知道自己算不得是一棵葱，但对于大家的吹捧，我仍然甚为得意。如此，人面前我就更加吹嘘自己电脑如何玩得转，最近又玩出了什么新花样。吹捧归吹捧，但我绝对不会去参加任何专业活动。更没有上传过一种软件，也没有给任何单位设计过程序，说是高手，当之有愧，但对于朋友的吹捧也受之坦然，而且自鸣得意，给自己添增了一点儿享乐，这就是享受吹捧。

自己享受吹捧，我更爱吹捧他人。

朋友雷达，酷爱石头，每次见面，不及寒暄，先吹捧他的石头天下无双，立即雷达兄就面呈悦色，拍着我的肩膀："老兄，我好想你呀！"想我的什么呢？想我的吹捧。作家肖复兴，更爱听我的吹捧，每次见面，迎上去万般激动地握着他的手，立即吹捧说道："复兴，你那篇关于摇滚的文章写得太好了。"复兴高兴，立即回敬："你谈爵士的那篇文章我也读到了，专业，专业！"

其实大家都知道，雷达君是文学评论权威，你当面说他的文学理论严密，评论文章影响大，他一点儿也不感兴趣。"还用你说？"还可能猜疑你是不是想求他给自己写一篇评论。肖复兴，散文写得漂亮，你说他散文写得好，他睬也不睬你，"才读出味道来？"可能他还觉得委屈了。高僧只谈平常事，当着高僧的面，你说经文，他回敬你说"佛在我心中。"完了，自讨无趣。

倒是小说写了没几篇，就连那几篇小说早被读者忘记了的作家，你吹捧他小说写得好，他得意。一次一个什么场合，一个小坏蛋，对一位诗人说："唉呀，您的诗我女儿简直读得入了迷。"我看见了的，激动得那位诗人热泪盈眶。其实哩，那个小坏蛋才是找乐呢。

爱因斯坦爱拉小提琴，他自己就说，他拉的琴，比他的物理学专业本领好。吹捧爱因斯坦，你别说他的物理学成就如何如何伟大，你吹捧他的物理学成就，他看不起你，心里会想："你也配谈物理？"吹捧爱因斯坦，你就对他说："唉呀，爱爷，你的小提琴拉得可是太好了，梅纽因都说比不得您老人家了。”他听了一定高兴。当然，什么好处你也得不到，就算他网开一面，破例收你做他的关门弟子，那也让你去活受罪。

丘吉尔，喜欢油画，画得怎么样？反正不说是丘吉尔画的，保证没人要，更别说是卖大价钱了。丘吉尔画油画最大的乐趣，更是向人们展示他的作品，看了他的画，谁说一声好，他准送你一支大雪茄。吹捧丘吉尔的画好，比吹捧他的外交手腕更讨他高兴。他自己也知道，他的外交，那是以狡猾称名于世的。见到丘吉尔，你对他说：“老丘，你的外交手腕可真是天下第一了。”丘吉尔也会用老舍先生的名言回敬你：“您这是骂我呢？”

还有一个克林顿，萨克斯吹得好。你和他谈政治，谈他当总统的事，说不定他疑心你想向他提莱温斯基那段事，你说“老克，你萨克斯吹得真好！”他特美。

“9·11”纪念音乐会，老克参加了，音乐会结束之后，记者发现了老克，凑上去采访，说今天这么多明星参加演出，你怎么不吹一段呢？老克有自知之明，回答记者说：“我那是玩，这样的场合不敢掺和。”

吹捧不都是坏事，享受吹捧也是一种心理调节。远离吹捧切不可过于紧张，只要没有功利目的，朋友之间相互吹捧几句，听着也颇开心。

享受亲情

孙女的出生，使老两口的生活发生了巨大变化，本来已经感觉到老之将至了。儿子在国外工作，紧张的生活节奏，小两口一直到35岁才决定要孩子，急得老两口直担心儿子是不是想“丁克”，趁着儿媳妇不在家，老伴儿偷偷给儿子打电话，连劝带数落，不能再迟了。

终于喜讯传来，赶紧办签证，赶在儿媳妇预产期前一周赶到了美国，收拾好房子，检查种种准备，万无一失，只等着宝宝出生了。

美国医学规定，女人一怀孕，就做性别鉴定。早在到美国之前，就知道是个女孩，老两口高兴得不得了，自己只生了一个秃小子，女孩一枝花，少个女孩，连过年都缺少色彩。

儿媳妇顺产，出院回家，拉开冰箱就拿冰水，吓得老两口大喊一声，活赛是足球门将一般，扑过去从儿媳妇手里将冰水夺了过来，我还有个理由，“到底我们是东方人，生活习惯，我们宁肯保守一些。”儿子也替媳妇说话，“在医院里就是喝冰冻牛奶的。”

说到入乡随俗，医院不归咱管，虽然家在美国，到底我们还是中国家庭，产妇、新生儿，必须奉守中国人的生活习惯。

生活习惯，东方人和西方人不同，亲情习惯，东方人和西方人更大相径庭。中国人照顾产妇，责无旁贷，西方人认为侍候儿媳妇坐月子，不可思议。儿媳妇说，她的一位美国同事，生过一个孩子，第二胎临产时，希望公婆能够照顾一下大孩子，将公婆请来，备了丰盛晚餐，三巡美酒之后，儿子提出在妻子生产期间，请爸妈把大孩子带走，母亲绝对无私奉献，老爹也不反对，只是定了一个期限——一周。

一周管什么用呀？一个月行不行？不行，再三讨价还价，最后达成协议，十天。别的一概不管。自然，出院时婆婆会和儿子一起去接，那束鲜花，婆婆是一定买的。

已经很了不起了，公司里一片赞扬，这样的公婆，打着灯笼找不到。

从理论上审视，西方人的亲情习惯也许无可非议，但东方人的亲情，更给人幸福的精神享受。儿媳妇临产住进医院，家里老两口就坐卧不宁，现代医学，婴儿出生早已没有危险，但东方人的习惯，儿媳妇生小孩，老两口还是提心吊胆。我的一位老朋友，一生每逢生日吃斋，他极是虔诚地对我说，自己出生的那一刻，生母正在闯鬼门关。铭记母亲生育之恩，自己生日这天永远吃斋。

科学进步，生儿育女再没有一丝危险，东方习惯，直到儿子打来电话报告平安，老两口才喝下今天第一杯水，也才想起今天还没有吃饭。

几天之后，老伴儿和儿子一起将儿媳妇和孙女接回家来，东方人说慈母泪，老伴儿抱着孙女眼窝已经闪着泪光，老头子铁石心肠，心里也热热乎乎，似是室内温度升高了许多。

侍候产妇，照顾新生儿，真累呀。何况老两口都是60开外的人了，过去在家里，我是什么家务活儿也不管的。连酱油瓶、醋瓶都分不清，侍候产妇，老伴儿负责室内，老头子负责操作。煮鱼汤、煮鸡汤，还有种种的滋补品，完全依循东方习惯，按时吃奶，换纸巾，给宝宝擦洗，就是老伴儿的事了。忙起来老两口要到交接“工作”时才能见一面，也是公务在身了。

一个月之后，儿媳妇上班，宝宝放在家里，从这一天开始，老两口开始新生活，这种新生活的内容，一是减肥，第二，谁也想不到——美容。

说到减肥，人们可以理解，劳动量大，怎么会不减肥呢？儿媳妇每天早7时离家，晚7时回来，老两口看护宝宝，逗宝宝，哄宝宝入睡，每天工作时间长达12小时，工作时间长，饭量就大增，过去在国内，晚上一般只喝粥。如今不行了，晚上要一大碗米饭，还有鱼肉，一点儿也不比年轻人吃得少。吃得多还能减肥，此中的奥秘，只有中国人自己知道了。

不光是减肥，还锻炼肋骨。宝宝一天天长大，体重增加，光抱不满足，还得走来走去，一天走多少路无法计算了。最明显，过去在家里坐沙发，起身时双手一定扶沙发扶手，如此支撑着才能站起身来，如今强化训练，抱着孩子起身，双手无法支撑，我对老伴儿说，这叫“旱地拔葱”一项最见成效的减肥动作。

看宝宝，何以还美容呢？

看宝宝不是傻看，宝宝每时每刻都和你交流沟通，逗宝宝笑，老两口也笑，在家里老两口有你看着我笑，我看着你笑的时候吗？看宝宝，有时候老两口会笑一天。笑，使人精神振奋；笑，带你回归青春。开怀大笑，是长寿秘诀，老两口活得再开心，哪里会笑得如此尽兴？宝宝逗人喜爱，老伴儿说，唉呀，笑得我肚肠都疼了。

大笑一年，美容了。老伴儿脸上的皱纹舒展开了许多，脸上更多了光泽，头发早就白了，但容光焕发。老伴儿私下里说：“你看，干这么多的活儿，不带累相。”女性心胸窄，还担心孩子以为老两口不尽力。

看一年宝宝，尽了义务，出了力，做了奉献，减肥美容，享受亲情，日子过得好不开心，签证日期终止，按时返国，临行时老伴儿还掉了眼泪，倒是儿子劝解明年再来，总算得些安慰。

回到空巢，老伴儿忙她的家务，我整天抱着儿子给买的笔记本电脑敲字，生活又回归平静，没有了欢声笑语，晚饭后坐在电视机前打瞌睡，日子过得无聊。唯一提神儿的事情是上街给宝宝买东西，美国物质丰富，吃的穿的都不缺，唯一要给宝宝买的，是中国画册，中国神话光盘，一买就是一大堆，送到邮局寄出去，就和见到宝宝一般快乐。

一次一次给宝宝买东西，寄东西，也用了不少钱，这钱花得开心，老两口说，到了这把年纪，为自己花钱，有一种负疚感，给儿子花钱，心理不平衡，只有给宝宝花钱才是享受，甚至有一种骄傲感。

果然，东方人的亲情享受，是一种天赐的幸福。

享受愚钝

弱冠读书，天资实在不为聪慧，虽然没有落过榜，没有留过级，没有掉下过60分，好歹也把该念的书念完了，一场一场可能改变人生道路的考试也对付过来了，只是最后也没读出名堂。后来混迹文坛，从来没有领过风骚，更没有写出过畅销书，如今人们爱说浮出水面，这大半辈子，我就是在水面上下浮游着，说来也真让人伤心了。

书没有读好，却被书误了前程，进入社会，接触人际，原来读书的那点小聪明也不见了，看着别人行大运，发大财，自己羡慕，到底也有点自知之明，叹一声“吾不如也”，也就心安理得了。

唯是可悲，也不知道是天生的愚钝，还是读书读出来的愚钝，大半生可是吃了愚钝的大亏。愚钝，换个现代词语，就是“傻帽儿”，听不懂拐弯抹角的话，掺和不进去瞒天过海的事，而且总是在不适当的场合说不中听的话。尽管话也不错，也都是善意，就是时间不对，场合不对，本来一片好心，本来一番好话，却被说成是别有用心，最后惹得娘不得不动手打了本儿子一巴掌，很是遭了几年的罪。

政治清明，拨乱反正，老实人不吃亏了，愚钝如我，活得也就舒畅了。无论话说得中听不中听，事情做得得体不得体，也没有人和我计较，反正人家心里有数，好事不往我头上派，也就是了。

好在我也没有非分之想，人家事半功倍，我事倍功半，到底也“半”了，足矣。前些年有人暗示我，只要如何如何，可能就有前程，我愚钝，没听懂，依然我行我素，结果眼看着朋辈得势的得势，发财的发财，直到退休，连个副小组长也没混上，悔之晚矣，愚钝自有天报应也。

愚钝也有愚钝的便宜，自知没有通天之道，便面壁读书潜心写作，果然苍天不负有心人，也写下了篇把东西，更承蒙读者不弃，专家认可，好歹也混上了个把奖项，出的几本书，也还有人买。

如是，也就越来越愚钝了，不光是人际关系上愚钝，不光是做事说话愚钝，连过日子也愚钝了。

前几年，装修热，正好我也买了一套蜗居，跟着起哄，也找到一家装修公司，绝对是“信得过”公司，钱花了不少，搬进去住下来，才知道上了鬼当。墙不是墙，地不是地，没多少日子，高级瓷砖裂的裂，坏的坏，内行人看门道，说是伪劣产品，老伴心理不平衡，闹着去找那家公司，找到地方一看，原来的装修公司变成食品超市了。那公司呢？逃跑了。

一起买房装修的，不乏精明人士，装修公司施工时，每天到现场监工，材料自己去买，设计自己出，装修公司只管干活，装修完成果然漂亮，虽然累点，心里却颇得意。

只是，过了不久，那几家自认为装修到位的人家先后出了问题，有的人家埋在地下的水管爆裂，新装修好的房子淹得一塌糊涂，还有的人家"哗"一声屋顶掉下来，险些砸着孩子。重新修好之后，只听那几位得意人士发劳骚："唉，他们就是在你眼皮子底下骗你。"

不法装修商，靠骗人蒙世，赚骗人的钱，愚钝如我，精明如能人者辈，他一律骗你没商量，没多少日子，看到报上一篇文章，一位老教授，感慨万千地写道："你想找气吗？你想上当受骗吗？你不想好好活了吗？你就像我这样装修吧。"看来，这位老教授更是愚钝老实人，骗子公司把他折磨苦了。

拿着这份报纸，我向老伴做思想工作，瞧见了吗，大千世界面前，愚钝和精明没有多少区别，骗子要骗你，愚钝和精明同样吃亏，愚钝者吃亏两万元，精明者最少也要吃亏1万5，差这5000元，大不可费人心智了。

自知愚钝，就不敢处处逞能，出门旅游更不敢轻易购物，买书、买光盘、买软件、买照相材料、买文房四宝，绝对慧眼独具不会上当，至于首饰、古董、钱币、字画，我就不敢凑前了。那一次在西安，旅游点卖古董钱币的颇多，我只买了一串锈饰，几元钱，别的，什么也不敢看了。同行者行家里手不少，西周刀币，北洋大头，火眼金睛，几次审视，再众人一起鉴定，绝对无误，而且价钱便宜，离了这块地，就再碰不上便宜的东西了。大把大把地掏出钞票，说买就买，买到手，带到车上还相互切磋，踏破铁鞋无觅处，幸运幸运，不虚此行也。

后来呢？后来听说都上当了，当地人说，莫说你们这些旅游者，就是海关，都多少次把他们运往国外的工艺品当国宝扣下来了。后来出了证明，说是绝对仿造，这才放行，海关鉴定专家都说，技术真是绝了。

嘿嘿，愚钝老朽得意了。早告诉你们的，别想找便宜，你们也不想想，旅游点每天接待上万游人，真东西，怎么会留到今天被你捡了便宜呢？愚钝人自认愚钝，少一点儿精明，少上一点儿当，糊涂自有糊涂福，聪明反遭聪明误，信哉斯言。

外出不敢购物，在家里也谨小慎微，除了老伴吩咐买的东西，别的东西看也不看，一是少费精神，二是自我保护。一次早晨去农贸市场，正按照老伴交办的任务看菜，悄悄一个看上去比我还愚钝的人走过来，小声向我说：“老同志，有一样东西你看吧？”无须思考，我断定此中有诈，头也不回，一声不吭，装做什么也没听见，提着菜篮子走开了。

后来迁入新居，离超市近了，就一个心眼买绿色食品了。一天去超市，就在超市门外，一个愁眉苦脸的年轻人拦住了我，煞是可怜地对我说："老先生，我们单位派我出差……"好嘛，你们单位派你来出差关我屁事，下面的词我都替他编好了：一定是那家单位关门了，他还带来许多高科技样品，如今连回去的车费都没有，本来他可以将带来的产品拿到市场去卖，每一件都可以卖到上百元的，只是时间紧迫，老先生，只按每件50元卖给你，如何？

眼皮也不抬，我又走开了。明明是欺骗，骗子看我长相愚钝，就以为我会相信他的鬼话，幸好我只是愚钝，没有非分之想。很多人路遇骗子被骗走巨款，那就只怪自己本来愚钝却又贪财了。

同名之趣

一次开会，学者王老汉说了一句笑话，王老汉本名王辉，“王”是中国大姓，“辉”字更为中国家长为儿孙起名常用，王老汉说，不必在民间寻找，就在抛头露面者辈中，每天都会出现几个王辉，王老汉继而玩笑地说道：“前几天报上祭奠一位乘鹤西去的王辉，心中颇为世间少了一位王辉扼腕。”

王老汉豁达人，将同名看作乐趣，谈笑间化解了心理压力，不似有的人那样小气，出了名，总怕有人沾自己的光，遇有同名人立即声明“此某某某非吾人也”，唯恐自己的功勋错记到别人的账上。

我的原名侯红鹅，极为怪僻，20世纪50年代几场政治运动虽然臭名大震，但至今未见有同名者共享“殊荣”。更名林希，20世纪80年代之前“重新做人”，从社会上消失，也不见有同名者活跃文坛。复出之后，一时之间，倒也自在惬意。

我于文坛，从来没有领过风骚，不像大师们那样，出了一位金庸。不久前就出现了全庸，武侠小说迷们如饥似渴，看见书名有“恩仇”“射雕”“屠龙”“江湖”之类文字便抢，买回家来，一看作者姓氏少了两点，上当了。再去搜寻，便格外小心。谁知，明明小说封面上写着大师的名字，买来再读，也没有看出瑕疵，后来好事者披露，说什么武侠小说实为赝品，又上当了，冒名顶替，本来就是一条赚钱的道儿。

如我平常人，不会有人出来冒名。不冒我的名尚好，冒了我的名，更没有市场了。所以，这许多年，寂寞中讨生活，面壁读书，潜心写作，也能自得其乐。

也是我太寂寞了，网络上转载我的小说，竟找不到我的背景资料，不知哪家网站首开先河，搜索到一条资料，于是相继传开，就把我的小说张冠李戴，拉到同名者的名下去了。

至今打开文学网站，介绍我的背景资料，口径一致：“林希（1937—　），法国归侨，福建厦门人，译审。回国几十年来，始终把党、祖国、人民的权益放在第一位。在业务上，精益求精，刻苦钻研，70年如一日，勤奋地学习、工作。先后参加党代会、政协大会的翻译定搞工作。工作一丝不苟，认真仔细推敲每一句译文。70年代以来参加了毛、刘、周、邓、陈等老一辈无产阶级革命家的著作翻译定稿工作。较好地完成了各项工作任务，受到了专家和同行的好评。负责文献部的职称评定，年终考核，计算机管理等工作，责任心强，管理严格，认真很有条理。经常帮助年轻同志提高业务水平，为年轻同志上翻译课，还在政治思想上教导年轻人如何做人。多次被评为局优秀党员，近年来连续年终考核评为优秀。”

法国归侨林希先生，绝非天津老儿林希，天津老儿林希以写小说为业，法国归侨林希先生奉献祖国，服务社会，实为天津老儿不敢攀附。至于法国归侨林希先生是否有小说行世，天津老儿不得而知，但至少不是网站上刊载的那几篇，将天津老儿的小说说成是法国归侨的作品，绝对是一桩误传。

按道理说，我应该致函各网站要求更正，并将本人背景资料发去，于网页上做出修正。好心的朋友也为此愤愤不平，指责网站做不负责任介绍。唯我倒也不甚介意，喜读林希小说的人，对作者总会有些了解，网站上的讹误不会影响小说的艺术生命。至于将天津老儿说成是法国归侨，倒使我沾上了海归的光，而且介绍文字还将那么多的溢美之词冠于我的头上，白捡了许多荣誉，心中暗喜就是，还更正什么？

以讹传讹，自然也出了笑话，诗人鲁藜的女公子，一天打来电话，惊奇地说：“老林，原来你是法国归侨呀！”电话中我忙对她说：“抬举了，抬举了，我只乘飞机从法国上空飞过，那也算得是‘侨’吗？难怪现在许多人动不动就写《散记》呢。”

不理睬网上的张冠李戴，任由他等胡编，说我是什么我便默认什么，谁知网上编得越来越邪乎，最近又有网站封我是“中国著名女作家”了，还将我几篇小说编成《女作家文集》，看点击率，果然不低。

将我列为女作家，也算得是爆料了，北京几位好友打来电话还向我祝贺，更希望我再上一层楼，如果能攀升进美女作家行列，我后半辈子就有饭吃了。

张冠李戴地说我是法国归侨也罢，再说我是女作家也罢，我才没有时间去向网站申述，我更没有闲钱登报声明，胡编由他胡编，小说我自写之，也是一种状态，文坛出点小笑料，也能活跃气氛。

最是可笑，老朋友闻树国在世时，告诉我一件事，一位青年作家对他说，他在大学读书时，老师讲过我的小说，讲过之后，颇是惋惜地对学生说：“林希的小说自有特点呀，可惜这位作家早就作古了。”

我的天，你说遇到这种事应该怎么办？立马登报声明“我还活着”，岂不又闹了大笑话，活着的人何需登报声明自己活着，早就作古的人声明活着，岂不将活人吓一大跳？由他去吧，读者看的不是你的小说吗？

同名是乐事，这一个字或者是两个字吉祥，庄重，用的人多，才会有人和你同名，同名是趣事，同名可能造出许多趣事，许多人同在两个字，或者是三个字下奋斗，各有奉献，才是生活趣事。所以看到同名大可不必动怒，生怕别人沾了你那几个字的光，银行更不会将你名下的存款划到同名者的账下，尽管放心，成就抹不掉，实惠更跑不了，默认现实，也要有博大的襟怀。

作家当有四不怕

不怕名人抢饭碗

2000年，北京市爆出消息，名人书籍抢占了市场。据报载，当七位作家走上主席台和读者见面的时候，其中的三位电视节目主持人，赵忠祥、敬一丹和王路遥受到了读者格外欢迎，把那几位作家冷落在了一旁，明星们还登台致辞，一番嘉宾致辞的风采，把一个书市搞得热闹非凡。于是报端惊呼："名人抢了作家的饭碗。"

名人出书，中外皆然。细想我们对名人一词的界定也不科学。在中国人的心目中，名人，就是演艺明星、电视节目主持人，或者还包括球星、世界冠军。其实名人一说，绝对不能只是这些人，一切为人所知的人，都是名人，作家也是名人。你名人作家可以出书，何以人家演艺明星就不可以出书呢？怎么人家一出书就抢了你的饭碗了呢？出书权，也就是写作权绝非作家所专有，何以人家一出书，作家们就神经兮兮地坐不住了呢？

更何况我们对于“作家”一词的界定也不全面，我们平日所说的作家，严格地说，就是只指小说作家。不写小说的作家，有诗人、报告文学作家、评论家，还有种种的工作者，其实呢，一切写作的人，都是作家。小说作家可以出书，非小说作家何以就不应该出书呢？所以，抢饭碗一说，从根本上就是不确切的。

先说国外，拳王出书，影视明星出书，球王出书，赌棍出书，劫机者也出书，国外的书店什么都有，包括什么成人读物。也没听见外国作家惊呼什么有人抢了他们的饭碗。如果海明威的饭碗就那么容易地被梦露抢走的话，那海明威也就不是海明威了。

作家手里的饭碗，不是那么容易被人抢走的。看着书市上人们围着明星买书签名，作家们就惊呼丢了饭碗，这些作家也太脆弱了。作家写作，刻意追求的是艺术生命，有出息的作家更想写出足以传世的作品。而明星们的写作，用句天津话，玩的是一时的高兴，甚或就是捞点零碎银子，这和作家的创作是两股道上的车，风马牛不相及的。明星能写的东西本来不多，风光的一点儿事，写完了，也就没词儿了，再往下写，读者也就不想知道了。君不见，大明星如某某者，出了一本书之后，下一部书才宣布要面世，就已经惨遭冷遇了吗？如此，再等而下之的明星书，将会是一种怎样的命运，人们也就不难想象了。

书市上看饭碗，是一种误导。真正要看的饭碗，应该看藏书、看效益，看一部书对他人的影响，看稳固的读者群。一本书出来，不分男女老幼，不分社会层次，不分文化水平，不分职业分工，千万人一哄而上疯抢一空，这种书能有多大的生命力可言？作家的书如果轻易地被这种书抢去了饭碗，那么这样的作家也就太可悲了。

不怕网络文学

高科技时代，电脑普及，许多具有文学天分的人，把网络当成发表作品的阵地，于是网络文学应运而生，没有多少时间，已经形成气候了。

网络文学才开始出现的时候，似乎并没有人注意它，作家们以为那不过就是一些没有发表作品机会的人，创造的一种文字游戏罢了。但渐渐地网络作家多了起来，而且作品每天以千万篇铺天盖地涌来，更有始作俑者将网络文学推向图书市场，并且获得意想不到的效果，于是，一些作家感到威胁，觉得日子真是愈来愈不好过了。

网络文学真的可能代替传统意义的文学写作吗？至少短时间内还看不出什么迹象。说网络文学必将代替传统意义文学写作的人，更编造出了一个吓人的神话，他们说什么小说一定会消亡，而且无须多少时间，世人就再也不读小说了。

那么，小说到哪里去了呢？小说从书本上消失之后，转移到网络上去了，这就像有的预言家说的那样，这些预言家预言地球必将被洪水淹没，到那时人类就转移到地下生活去了。

地球会不会最后消失，这不是我们要讨论的问题，我们要讨论的问题，是地球在消失之前，人类会不会抛弃文学，或者网络文学会不会代替传统意义上的文学写作。

不是一切的写作都具有文学品位的。文学是一种境界。也不是所有的人都具有从事文学写作的灵气。如果如网络文学那样，每一次的写作都可以进入网络，那充其量也只能是一种交流，一种借助于文学形式的交流，甚或是连文学形式都不具备的交流。

进入网络世界之前，对于网络文学，我也有一种恐惧感，那么多的人，那么大的量，而且无须花钱买书，网络作家又无须经过编辑的审处，更没有任何禁忌，那人们岂不是就都到网上欣赏文学去了吗？但是，在我上网之后，对于网络文学才有了一个清醒的认识。任何事物一旦没有了规则，它就只能是原始状态的存在，而这种原始状态，其实就是生存本能。当今网络文学的最高主题，并不具有对于社会人生的深刻思考，大多是生命的本能冲动，成千上万人向你重复着这同一个主题，以相同的语感和相同的语境向你重复着类似的冲动，它最终能给人们带来多长时间的新鲜感？

当然，也不能无视网络文学的存在。成千上万的网络原创作品，经过读者的筛选，一定也会出现有影响的好作品，这就和在浩如烟海的群众来稿中发现好作品一样，网络文学作者中一定会涌现出成熟的作家。但是几部成功的网络文学作品，还不足以淹没传统意义上的写作，至少现在还看不出来网络文学必将代替小说创作的趋势。

不怕网络文学，但是作家应该关注网络文学。这也就是说，作家们应该常常到网上去看网民们的文学创作。直到现在，以不知电脑为何物而自豪的作家还大有人在，这的确是一个令人不安的大问题。很多作家出国访问，在和外国作家对话时，自己连网址都没有，常常使外国作家感到尴尬。前不久还有一位大作家说了好多电脑的外行话，他自己还非常得意，说什么电脑什么都行，就是不能谈恋爱，殊不知当今用电脑谈恋爱才是一种时髦。对于科技的无知，历来是中国作家的一大特色，如果说过去还可以用来标榜自己的正统，那么如今就要惹人耻笑了。作家们，还是早些学电脑的好。发誓终生不用电脑的作家，过不了多久，就要自食苦果了。

不怕港风台风

在强劲的港风台风面前，中国作家已经是愈来愈气馁了。而且堂堂的中国作家，如今已经以大陆作家自居了，说来也真是一大悲哀。

“大陆”一说，是有针对性的，只有在涉及两岸三地的时候，中国内地，才被称为是大陆，此外任何场合，生活写作在中国内地的作家，理所当然地就是中国作家。

可悲的是，这些年来，先是中国作家自己给自己降格，然后再把中国港台作家捧上天。

席慕蓉的诗、三毛的散文、琼瑶的小说，再加上金庸的武侠，到底是一种什么品位，本来是不言而喻的，但是经过我们一些人的炒作，这几位作家的作品，都已经成了不可逾越的顶峰了。

在中国港台作家面前的妄自菲薄，已成了当今文坛的一大通病，只要是从中国港台来的作家，无论在任何场合都被视为上宾，连开会都要在主席台上就座，中国港台作家无论说什么，我们都只能热烈鼓掌，甚至有人在我们的讲台骂我们没有出息，我们都得赞叹人家骂得真是高明，这真有点像

《茶馆》中小刘麻子的那句台词了："你瞧人家不说好，人家说耗！"

还有一位李敖，自称天下第一，说如果要说出三位中国最伟大的作家，那么第一是李敖，第二是李敖，第三还是李敖。可笑的不是李先生说这句话，可笑的是我们当中居然有人为李先生的勇敢喝彩。

既然有了席慕蓉的诗，有了琼瑶的小说，有了三毛的散文，再有了金大师的武侠小说，还要我们这些人做什么呢？我们不是白在这里制造文字垃圾吗？不是，中国文坛的恐港台症，只是一部分人抬高自己的手段，说穿了，不外乎是有的人想巴结中国港台文人，趁机捞点便宜罢了。我一直怀疑那些把李敖先生比作是当今鲁迅的人，是故意在说谎话。他们不会不知道，鲁迅先生向白色恐怖挑战，出门连钥匙都不带，李先生在白色恐怖下面，却一直风光无限。此传统绝非彼传统了，说"五四"传统在中国台湾，实在也是不知何为"五四"精神了。

港风吹、台风劲，但是举世公认，汉语文学，主流、传统只能是在内地。内地作家们挺起腰来，时间的筛选是无情的、唯有贴近时代，贴近人民的作品，才具有艺术魅力。

不怕坐冷板凳

这不怕，那不怕，还有一个冷板凳最可怕。

鲁迅先生曾指出，对于作家有两大威胁，一是棒煞，二是捧煞。而到了如今，更有一个冷煞，远比捧煞、棒煞更有杀伤力。

何谓冷煞？说句俗话，就是不理你。形象些，也就是坐冷板凳。同是出一部书，人家那里就热闹得不得了，又是研讨会，又是签名售书，媒体上还连篇累牍地登评论，说什么这一辈人真是没白活，就赶上有这么一部小说好读了。而自己这边，也是出了一部小说，就是没人理睬，活活等了几个月，泥牛入海，悄无声息了。

偷偷地找来一本，才读了几页，实在没大意思，怎么如此平庸的一部小说，就被捧上天了呢？人家会炒作，有一帮子哥们儿。一个电话打过去："咱哥们儿的那本书，你算一号，别忘了当年你那本书，人家可是出了力气的。"行了，这一号拉着那一号，免费，就把一本书炒红了。至于人们读过之后感觉如何？无所谓，反正已经热闹过了。

其实，现在的出版界，有许多规则，不同的书，有不同的对待，许多好书，就因为不合时宜，于是就不得宣传，不宣传，人们就不知道，作家就只能在冷板凳上坐着。坐久了，自己也觉得没多大意思了，于是悄悄走开，外面还说你苦恼了。

“冷”，也是来自四面八方，除了下面的“冷”，更有上面的“冷”。于是有坐不住冷板凳的人就抱怨了：“怎么我就不是委员、代表呢？”再加上几次给领导写的申请，都石沉大海，房子没有批下来，待遇没有长上去，垂头丧气了。

文学写作本来就是一条冷板凳，只是那几年反常，才使文学成了一条热板凳，随便一篇小说，就会成为明星，立即应该有的，不应该有的，就送上门来了。再有的人会钻营，也好意思伸手，于是就使得几位作家飞黄腾达了，也令人羡慕了。于是有人把写作当成了敲门砖，当成了晋身的台阶。由是，一些人开始察言观色，更有一些终日窥测风向。反正哪家的炕头热，人们就往哪儿挤，而真正潜心写作的人反倒遭人耻笑了。

只是，只有冷板凳才最成全人，古今中外，许多作家都是从冷板凳上坐出来的。写作，靠的是功力，靠的是生活积累，靠的是艺术感觉，只要你有这三方面的自信，几个人乱哄哄地大红大紫，对你能有什么威胁呢？

坐冷板凳是强大的表现，那些东抓一把，西抓一把的作家，虽然能够热闹一时，但却经不住时间的筛选，过眼烟云式的作家，我们不是看到太多了吗？和那样的作家比起来，倒不如先在冷板凳上坐坐。读者是不会放过真正好作品的。面壁读书，潜心写作，写出好作品来，冷板凳就变成热板凳了。

不怕坐冷板凳，怕的是坐不住冷板凳。

红楼闲笔

红楼梦研究，始有索隐派，对书中一人一事，均给种种牵强附会猜测，从而索隐出《红楼梦》“全为清世祖与董鄂而作”。其实，早在《红楼梦》初以手抄本流传于世时，许许多多的流言蜚语便随之流传，以至于到了满城争说《红楼梦》时，已是将《红楼梦》异化为一部影射“当今的政治小说，而清朝又是文字狱大兴的朝代，于是才迫使曹雪芹不敢再将《红楼梦》后四十回刊布于世；千古遗憾，人类文化花圃中的一朵奇葩竟未能让世人一窥全豹，未及怒放，便被凶恶的政治风暴摧残得夭折了。

只是《红楼梦》命舛，自它诞生以来，每遇社会动荡，人们便总要将《红楼梦》拉出来做一番引申；先发制人者可以从《红楼梦》里找到进攻的利器，失意者又可以于《红楼梦》中找到些许慰藉，更有怏怏者辈还要用《红楼梦》做含沙文章，一时之间，同是一部《红楼梦》使你杀过来我杀过去，活似账房先生打架，你使算盘做矛，我使算盘做盾，稀里哗啦，果然好生热闹。

笔者不才，读《红楼梦》时不求甚解，用《红楼梦》时也不存奢望，《红楼梦》乃天下奇书。唯奇情、奇趣才能解得其中奇味，且唯以闲心、闲致才能品味书中闲韵。如是，抽身于是非恩怨之外，每日以闲适无色眼镜观红楼，俱有意会，又以闲笔写下几则闲文，一切皆无寄托，不过是一番闲适，“看着闲书睡更多”（王建诗）罢了。

打了也就打了

《红楼梦》的高潮是抄检大观园，而抄检大观园的高潮则是“只听‘啪’的一声，王善保家的脸上早着了探春一掌”。贾探春狠狠地打了王善保家的一记耳光。

如果说大观园的败落始于这次野蛮的抄检，那么探春打王善保家的一记耳光，便是大观园受摧残的儿女们的控诉与反抗。

挨打之后，王善保家的捂着嘴巴说：“这也是头一遭挨打。”讲得极是哀怜。王善保家的虽说不过是一个奴才，但她到底是邢夫人的陪房，那是连王夫人都另眼看待的。否则于此时此刻，王夫人与邢夫人组成神圣联盟的政治实体，向大观园里的不肖子孙们发动围剿进攻之时，也不会任命王善保家的为过河卒子。

一道牙牌在握，王善保家的居然带领一干人等“喝命将角门皆上锁”，你瞧，她岂不好威风也哉？

但不幸的是，她着实挨了个大耳光。

王善保家的参与抄检大观园，其原因不外乎是“素日进园去那些丫环们不大趋奉她，她心里大不自在，要寻她们的故事又寻不着，恰好生出这事来，以为得了把柄”。无论她后来陷害晴雯何等恶毒，欺侮探春又是何等张狂，但她的行为起点不高，说到底不外是寻机仗势发泄私愤罢了。可怜的是，她以一个奴才的身份，平日接触不到上层人士，不了解决策人物在做出抄检大观园决定时的政治背景和心理因素，更不了解抄检大观园的深层原因，糊里糊涂地就混起来冲锋陷阵，到最后挨一记耳光，老实说还算是捡了便宜。

痴丫头误拾绣春囊，是抄检大观园的导火索。王善保家的可爱，她以为只要经过抄检找到绣春囊的赃主，自己便在主子画前立了一功，从中一路上也杀了那些丫头们的威风，让他等认识认识，认识王善保家的决非等闲之辈。其实哩，借绣春囊事件抄检大观园不过是搞了点扩大化，冰冻三尺，绝非一日之寒。

对于大观园里的哥儿姐儿们，王夫人已是早就看不惯了，早在不问青红皂白打金钏儿之时，王夫人骂了句“下作小娼妇，好好的爷们儿，都教你教坏了”。一语泄了天机，王夫人是已经知道自己的宝贝儿子被人“教坏了”。而对于真正将宝玉“教坏了”的人，王夫人下不得手，所以只能迁怒于奴才们身上，就近先打了金钏儿一记耳光；她似在“凉榻上睡着”，其实支着耳朵细听，听得火候到了，便突然“翻身起来，照金钏儿脸上就打了个嘴巴子”。这个嘴巴子，在王夫人心中憋了不是一天，憋了也不是一个人，只是鞭长莫及，她打不进大观园去，借题发挥，劫难就落在了金钏儿的头上。及至“不肖种种大承笞挞”之后，袭人趁机到王夫人耳边去告密，王夫人更对那个“水蛇腰、削肩膀，眉眼又有些像你林妹妹”的晴雯怀上了咬牙切齿的仇恨，“好好的宝玉”偏“叫这蹄子勾引坏了”。王夫人剑拔弩张要对晴雯下毒手，醉翁之意那是冲着林妹妹来的。

王善保家的参与抄检大观园，是于她奉了邢夫人之命来打听追查绣春囊结果之时，便被王夫人网罗进抄检大军，出发前没有经过任何培训，又没有人交待背景材料，凭她一个奴才如何会了解王夫人的心理动机呢。

邢夫人打发王善保家的将绣春囊送到王夫人手里，其用意是想给王夫人来个下马威，因为邢夫人认定这个绣春囊只能是凤姐儿的压箱春画，这和王夫人的猜疑是所见略同的，因为贾琏，凤姐儿一对小夫妻，而且“又和气”，“当作一件玩意儿，年轻人儿女闺房私意是有的”。而在此之前，邢夫人又和凤丫头很是怄了一场闲气，所以今日手握绣春囊，邢夫人是要到王夫人的麾下来揪王熙凤的，短兵相接，刀光剑影，邢夫人要和王夫人厮杀一场了。

王善保家的虽也是邢夫人的陪房，但她没有这等政治头脑，这一是因为她的政治素质低，平日只见一派亲密和睦氛围，没有看到在表面的亲近后面是不共戴天的仇恨；另一方面，王善保家的终因是奴才身份，她不可能感受到邢夫人与王夫人的矛盾和对立，而投靠邢夫人，她无足轻重，杀伐王夫人，她还够不上“分儿”，两军对垒之中，她永远是炮灰。

贾政的凶横，邢夫人的威逼，促使王夫人对大观园的孽障们动了干戈。再往上追溯，至高的统治者贾母也对抄检大观园表示赞许。早在王夫人发兵之前，为逃避贾政查书，晴雯略施小计谎报宝玉受惊吓“唬得颜色都变了，满身发热”，于是贾母先以查赌为名查问了一番，对日后的抄检大观园做了一次实弹演习。

正因为有了如上许多远因、近因、背景，才使一只绣春囊成了导火索，发生在大观园内的惊天动地政治事件才酿成天翻地覆的大劫大难，在这场大劫大难中有含冤致死的晴雯，也有从此失时失势的林黛玉，更有被杀了魂魄临近崩溃的贾宝玉，还有得势投机青云直上的幸运儿，还造就出一位刚烈的英雄贾探春。

王善保家的“参乎”了一场事件，既没当上英雄，也没捡到便宜，她糊里糊涂只捂着嘴巴埋怨“这个老命还要她做什么”？挨了一记耳光，也没有将她打得明白，归根结底，主人们之间的矛盾纠纷，你本来就不该掺和，掺和也不要紧，摇旗呐喊，虚张声势。或者类似焦大那样，一心一意维护最高主子的利益，对下只作一般性排斥，越是撒野，越显得忠心耿耿。莫拿自己当作是一回事地跟着大打出手，除了挨嘴巴，大概不会有另外的下场。

贾探春何以就吞了豹子胆，敢于扬手打了王夫人派下来抄检大观园的亲兵？这一记耳光，在探春心里憋了绝非一日，也憋了绝非是一人。探春是个平日便怀着“一肚子气”的人，她概括荣宁二府上下人等的关系有一句名言，是你想吃了我，我想吃了你。她深知“这样大族人家，若从外头杀来，一时是杀不死的”，所以“必须先从家里自杀自灭起来，才能一败涂地”。于是，探春才终于找到了最准确的时机，也找到了最最合适的对象，一个嘴巴子打下来，她打的是那些在家里大搞自杀自灭的各种势力和一切角色。可叹王善保家的糊涂，她本来没有资格参与这场自杀自灭的搏斗，偏偏她代替制造自杀自灭搏斗的双方挨了一个嘴巴子。研读《红楼梦》全书，王善保家的并没有多少故事好写，曹雪芹写了这个小人物，埋伏在前几十回文字中，天生我才必有用，就是等着让她到时候出来挨这个嘴巴子的。完成了这一最高的艺术使命，王善保家的便没什么好写了，高鹗续书也没有在这个末等人物身上用笔墨，堪称心有灵犀也。

探春打王善保家的一个嘴巴子，何以就没有引起轩然大波呢？当时在场的人证王熙凤也没有向王夫人汇报，也没有人出面质问贾探春“你打谁”？更没人挺身而出自寻发落说“打王善保家的就是打我。”最终只臊得王善保家的“便自己回手打着自己的脸，骂道：‘老不死的娼货，怎么造下孽了！说嘴打嘴，现世现报在人眼里。’”世态炎凉，竟至如此无情。

按理讲，王善保家的身为邢夫人的陪房，又代表邢夫人一方来参与抄检大观园，如今碰了这么个硬钉子，邢夫人是要出面问罪的。也许探春这一巴掌打得好，为王夫人壮了威风，而邢夫人呢，她也知道老的好惹，小的不好惹，千万别再自找没趣了。

果然是，打了也就打了，只怪王善保家的忘乎所以，主子之间自杀自灭得无论何等残酷，作为一个奴才千万不可陷得太深，杀不完，灭不了，主子还是主子，还是一荣俱荣，一衰俱衰，只是荣也与王善保家的无干，衰也与你王善保家的无干，糊里糊涂地挨个嘴巴子，难道还不该明白些道理吗？

上不得高台面

《红楼梦》里有一位上不得高台面的人物——贾环。“高台面”，《脂砚斋主评石头记》作“高台板”，高台面也罢，高台板也罢，全是个人身价的标准。而能不能上高台盘，还不取决于血统、法律与民众的认可，更重要的是取决于个人的文化素质。世上也有本来不能上高台盘的人物挣扎得终于飞黄腾达，但世上也有更多本来应在高台盘上的人，却偏偏上不得高台盘。

莫小看了贾环这个人物，就算你从门缝儿里看他，你都不能将他看扁。冷子兴演说荣国府时，堂堂正正，“政公既有玉儿之后，其妾又生了一个”，红楼梦家族，环哥是个人物。

老爹贾政虽然没有对贾环表示偏爱，但却对宝玉无处不表示憎恶与仇恨，早在宝玉周岁时，贾政见儿子“伸手只把脂粉钗环抓来”，立即便“大怒了，说‘将来酒色之徒耳！’”你看，贾政老爹早就把宝玉看透了，如此其妾又给他生了一个儿子，赵姨娘的得宠于道貌岸然的政公，此也是其中的一个道理。

所以在环哥降世之后，本来摆着两条道路，一条道路是和他哥哥一样，认定女儿是水做的骨肉，男人是泥做的骨肉，长大后做个风流孽障，也好和他哥哥做伴，两个人正好一起做些高明的淘气。但他不是材料。他原来不是衔玉而生，更不曾是什么补天的玉石，也没经过青埂峰下的锻炼和空空道人的点化，先天他就不具备做风流才子、富贵闲人的素质。世上原有一种比血统论更限定人生的力量，那是只可意会而不可言传，只可既而不可求的神奇因素。

但是摆在环哥面前的第二条路却极容易走，那就是继承他爹老子的衣钵，做正人君子，做封建势力的卫道士，或入仕途，或务经济，凭花钱能买个“防护内廷紫禁道御前侍卫龙禁尉”的贾府权势，来日环哥捐个官儿，是不费吹灰之力的。

这两条道路无论走哪条，环哥全是位高台盘上的人物，但可叹他没有走这两条道路，他选择了一条终极上不得高台盘的道路——搞小动作。

从心理因素分析，环哥对宝玉是必欲置之死地而后快的。如果像他姐姐探春那样，只认“年下才升了九省检点”的一个舅舅，堂堂正正地住在大观园，那只能更加牢固宝玉的地位，自己最终也成不了大气候。但倘若自己真的和宝玉兵戈相见，把宝玉彻底搞掉，凭他环哥和他的母亲，还真没有这么大的能耐，客观条件和主观因素共同造成了环哥的命运，终生终世扮演小角色。

就说那次要用热油烫瞎宝玉的眼睛，“故意装作失手，把那一盏油汪汪的蜡灯向宝玉脸上只一推”，用心可谓何其毒也。但你真能只这么一推就将宝玉的眼睛烫瞎吗？即使宝玉真的由此双目失明，或再落个终身残疾，只怕也未必就轮到要由环哥来继承大业。退一万步说，即使环哥果然搞掉了宝玉，使宝玉或被老爹活活打死，或送官府以不肖治罪，甚或挤兑得宝哥哥待不下去，自己挎个包逃了，只怕环哥也不配做大观园里哥儿姐儿们的孽障班头。而大观园里的姐姐妹妹们自也不会待见他。以环哥的思维心态，他一直以为大观园里姐姐妹妹们倾慕宝哥哥，仅只是因他自身的地位和背后的权势，他永远无法理解宝玉的魅力究竟何在。地位和权势是可以移位的，但心灵的魅力却只能属于特定的人。即使环哥果然有一日如赵姨娘希冀的那样得了一官半职，那时他兴冲冲乔迁大观园，而林妹妹、宝姐姐必会搬出大观园来，空荡荡大观园由环哥称王称霸，也必是被糟蹋得上不了高台板了。待到日后那位风流才子袁子才也不会慨之呼曰“大观园者乃余家之随园也”。

老实讲，书中的环哥是被曹雪芹给“磕嗔”了，赵姨娘能生出探春那样的千金，未必生下个儿子就如此一副鼠相。将环哥磕碜到这等地步，曹雪芹也自知言过其实，不看僧面看佛面，环哥毕竟还是皇妃的弟弟，姐弟相见，一位雍容华贵，一位贼眉鼠眼，看着也不谐调。无奈，于元春省亲之日，曹雪芹只好写道：“贾环从年内染病未愈，自有闲处调养，故亦无传”。如是，他该怎样编排环哥依然怎样编排环哥。

但环哥实在是不自爱，搞小动作到了不择手段的地步，而惯用的手法是打小报告，栽赃。贾环自己因自知不成器，本来见了老爹也是“唬得骨软筋酥”的，但一见老爹发怒，便立即捏造说：“宝玉哥哥前日在太太屋里，拉着太太的丫头金钏儿强奸不遂。”你瞧，这明明是政治陷害了。但毕竟是金钏儿跳了井，而宝玉哥哥前日又确实在太太屋里，金钏儿跳井又与宝玉有关，说他个“强奸不遂”，难道本质上不就是这么一回事吗？事件扩大了一点儿，但上了纲，反过来讲即使激怒老爹教训他一顿，未必不是一片好心，希望宝玉哥哥从此改邪归正。

只是贾环不明白，越是这样干，就越是上不了高台板，而上不了高台板，就休想得到本来属于他的一切经济待遇和政治地位；事与愿违，越是这样干，就越是失德、失势、失道、失时，自然也就离个人为之挣扎的一切越来越远，到了最后还是上不得高台板的。

怨不得外界环境，他的亲姐姐探春劝过他，凤姐教训过他，宝玉哥哥拉扯过他，贾政和王夫人喝斥过他，贾母老祖宗责骂过他，但心理因素和文化素质决定了他可怕的命运，最终他在自己的小动作中断送了自己的一切。

黛玉不能不走

林黛玉住进贾府不久，才刚刚和姐姐妹妹哥哥弟弟们有了些情感纠葛，谁料“这年冬底，林如海的书信寄来，却为身染重疾，写书特来接林黛玉回去。贾母听了，未免又加忧闷，只得忙忙地打点黛玉起身”。

细算起来，林黛玉从住进贾府到回扬州，总共未及一年的时间。

按照正常的写作习惯，书中主人公刚刚展开情节，一个庞大的故事结构也刚刚铺展开来，匆匆忙忙将主要人物“拉”出来，似乎于情理不通。作为一个读者，每次读《红楼梦》时，读到这里也总觉心中有些怏怏然。

其实哩，曹雪芹才聪明着呢，他不早不晚偏偏让林如海于此时此际身染重疾，又让林黛玉于此时此刻必须离开贾府，还得让贾母无论以什么借口都无法把这个小可怜外孙女留在身边。为什么？很简单，贾府要办几桩大事了。

没有林黛玉就没有《红楼梦》，但贾府里有些事，林黛玉还真派不上角色，留她在荣国府之中，写她也不是，不写她也不是。

哪几桩事与林黛玉无干？一是贾瑞照风月宝鉴，二是秦可卿的突然去世。贾瑞照风月宝鉴，一个单纯的林黛玉本来不必过问。但秦可卿之死是件天大的事情，荣宁二府上上下下都有一番表演，偏偏此事不需要林黛玉登台。

试想一下，倘若林黛玉住在荣府，秦可卿的一场丧事岂不是要更热闹，也更好看吗？其实不然，假若有林黛玉在，这一场丧事简直就办不成了。

先说秦可卿之死。夜半三更，东府蓉大奶奶没了，阖家上下“无不纳罕，都有些疑心”，凭林黛玉这等精明人，她于纳罕、疑心之时，万一点破了什么天机，这天下岂不真要乱得一塌糊涂？尽管林黛玉未必知道天香楼种种传言，但宝玉“哇的一声，直喷出一口血来”，林黛玉总要说几句挖苦的话吧。阿弥陀佛，林黛玉不在。贾宝玉哇地喷出血来了，多不过由袭人上来服侍，且又被贾母劝说几句“夜里风大，等明早再去不迟”，而贾宝玉自己也能说一句不过是“急火攻心，血不归经”罢了。

而且，“忽又听见秦氏三丫环，名唤瑞珠的，见秦氏死了，也触柱而亡，此事可罕，全族都称叹”。但是，对于可罕的事，即使是在全族称叹之时，只怕林黛玉也不会随声附和的，倘她再尖酸刻薄地讲几句不中听的话呢，岂不也搞得大家不愉快？

为秦氏办丧之时，没有写薛宝钗，其时薛宝钗就住在贾府之中，但人们知道薛宝钗做事得体，她不会于“可罕”之事妄加议论，很可能她连“可罕”之处都感觉不到。所以不写薛宝钗，人们不会去问宝钗做何种表演，但留下林黛玉，实在是太危险了。

秦可卿之死，暴露了荣宁二府的黑暗，为秦可卿办丧事，更暴露了上至朝廷，下至奴仆的种种嘴脸，留一个干净人在污浊事中，污浊事不好办，干净人也尴尬，唯一的办法是干净人去找个干净去处，污浊事由污浊人料理。事情办完了，弄权的人过了弄权的瘾，且又得了弄权的好处；惹事的人将事情遮掩得天衣无缝，且又一番做作重新恢复了心理平衡，大家再一齐仁义道德地父父子子，荣宁二府体体面面地又恢复了平静，那时再“果然琏二爷和林姑娘进府了”，这一部感天动地的《红楼梦》才又有了味道。

荣宁二府里好多污浊事，总是要为难干净人、有志气的人，如尤三姐，表演一番豪侠风骨之后自尽了；地位低贱的，如晴雯，最后被活活逼死了；而最为难处的是林黛玉，避又避不开，不避吧，又真惹人嫌，最后便只有自己吃亏了。而做污浊事的人呢？他们才一不为难、二不吃亏，更是既不会自尽，也不会病死，只心安理得地做完污浊事，又心安理得地做正人君子去了。

难矣哉，林黛玉。曹雪芹救她于一时一事，更多的时候，也就爱莫能助了。

“你不过要捏我的错儿罢了。”

也是一时忘情，林黛玉于行酒令时唱了一句“良辰美景奈何天”，同席饮酒的人们谁也没有在意，只是那温文尔雅的薛宝钗听了，当即“回头看看她”。

第二天，这位宝姐姐将林妹妹召到蘅芜院中，“便坐了笑道：‘你跪下，我要审你。’”审什么呢？黛玉毫无思想准备，扪心自省，也确实未犯下什么值得一审的错误。即对宝姐姐说：“我何曾说什么了？你不过要捏我的错儿罢了。”

林妹妹一语道破天机，大观园里的哥哥妹妹们个个全都提心吊胆，因为终日里总是有人要捏他们的错。一些人靠捏错儿发迹，而另一些人却因被捏错儿而败落。不想靠捏错儿发迹，或没资格捏别人的错儿的人，便谨小慎微，心惊胆战，只求自己莫被别人捏住什么错儿。

然而大到金钏儿自尽，忠顺亲王府里来人索要琪官，小到被盘考学问时显露了一些才华也要遭一顿呵斥。可见，只要看着不顺眼，那真是欲加之罪何患无辞了。

存心捏错儿，先要不被别人捏住错儿，才能有资格捏别人的错儿，否则自己每日要过老实交代的生活，谁还有精力捏别人的错儿呢？捏别人的错儿，要有一种敏感，姑且称这种敏感为“捏错意识”吧。对别人的一举手一投足都要先将其视为是一种错误，这就叫宁肯错捏，不可不捏。而且捏错儿要使被捏的人无所察觉，在你忘乎所以之时，无心无意之间，错儿就被人捏走了。

如果说薛宝钗捏黛玉的错儿还有些君子风度，那么袭人捏晴雯的错儿可就算是心毒手狠了。平日里袭人对晴雯百般忍让，终日好妹妹好妹妹地唤着，无论晴雯多么刁钻都不和她理论。但到了关键时刻，她却跑到主子面前去告密。话说得婉转："世上多少无头脑的事，多半因为无心中做出，有心人看见，当作有心事，反说坏了。"请看，自己先在自家人身上捏错儿，原来是怕这错儿被外人捏走，一切都"在无心中做出"和"有心人看见"，这和宝姑娘于听见林妹妹行酒令时误引了《西厢记》妙语时只回头看了她一眼，又是何等的相似?

捏错儿，是封建社会的治世权术，它的最高使命是维系封建统治势力。而捏错儿与被捏错儿是从什么心态出发，最后又要达到一个怎样的境地，读《红楼梦》就可以悟彻一二了。

早在二千年前，秦相李斯就给皇帝老子出过主意，要严行"督责之术"。所谓"督责"，就是一级一级地捏错儿，搞得人人自危，终日提心吊胆。大至朝廷，小至大观园，全是一个道理。搞得大家一个个自顾不暇，至高无上的权力也就自然保住了。

亲骨肉们

《红楼梦》第七十五回，因“痴丫头误拾绣春囊”而抄检大观园之后，探春心头憋着满腔愤懑于李纨房里说了一句气话：“咱们倒是一家亲骨肉呢，一个个不像乌眼鸡，恨不得你吃了我，我吃了你。”一言道破了大观园冷酷无情的人际关系，也道出了大观园终于到最后呼啦啦如大厦倾，树倒猢狲散的必然原因。

以语言规范推敲，“一个个不像乌眼鸡”是一个否定句，而探春的本意恰好相反，她是说咱们虽全是亲骨肉，其实一个个全像是乌眼鸡，恨不得你吃了我，我吃了你。

查检了几个版本，全都是“一个个不像乌眼鸡”，标点本也没有在这句话后面标一个问号，以使其具有询问语气，虽则如此，读者的理解是和探春的原意一致的，全是认为大观园里的人个个像乌眼鸡。

乌眼鸡，又名乌骨鸡，因产于江西泰和，俗称泰和鸡，其性格有一大特征——好斗。两只泰和公鸡狭路相逢，一定要咬得你死我活，不到两败俱伤，焦头烂额决不罢休。所以民间斗鸡，一定要精选纯种泰和雄鸡。

乌眼鸡生性好斗，但这种斗没有目的，也许并非想“你吃了我，我吃了你”，因为它们斗罢了之后，无论胜者败者是全要自找去处啄食的。而大观园里的亲骨肉们个个像乌眼鸡，却更比乌眼鸡斗得残酷，他们是真的为了“你吃了我，我吃了你”才展开这场搏斗的。而且斗得高明、斗得隐蔽、斗得艺术，斗出了水平，也斗出了非凡的人物，斗得令人发指，斗得令人叹为观止。

譬如贾环用热油要烫瞎贾宝玉的眼睛，譬如凤姐一步一步地置尤二姐于死地。最为甚者，亲骨肉父子之间，贾政对贾宝玉破口便骂，动手便打，直到咬牙切齿要活活将儿子打死，其斗争的残酷，已是无以复加。而大观园里的斗争所以达到了艺术化的高度，那是因为这些亲骨肉之间还花言巧语地斗，口蜜腹剑地斗，亲亲热热地斗，温温柔柔地斗，口里面姐姐妹妹地唤着，怀里面却揣着鬼胎，暗地里布下陷阱，冷不防脚底下使绊，唯其如此才能最后达到“你吃了我，我吃了你”的目的。

薛宝钗和林黛玉是何等的亲亲密密呀，终日嘘寒问暖，形影相随，林黛玉冒冒失失地引了一句《西厢记》，宝姐姐还要暗中规劝，唯恐妹妹失于检点。但暗中呢？薛宝钗一举手一投足，时时事事都在和林黛玉斗，薛宝钗进一步，林黛玉便要退一步，直到将林黛玉搞得在大观园里无法立足，直到搞得林黛玉失去了外祖母和舅母的强大靠山，顺理成章，宝姑娘才坐上了宝二奶奶的宝座。

可敬的是探春于大观园人际之间温良恭俭让的假象后面看

到了“恨不得你吃了我，我吃了你”的残酷现实；可悲的是最终未能逃脱被吃掉的贾宝玉，又总是自欺欺人地粉饰大观园里“你吃了我，我吃了你”的可怕景象。但无论是清醒的贾探春，还是糊涂的贾宝玉，他们谁也挽救不了大观园的崩溃，“恨不得你吃了我，我吃了你”的所有成员，一同都做了历史的殉葬品。

倘若历史再给大观园十年时光，大观园里的亲骨肉们还是要“恨不得你吃了我，我吃了你”地斗着，否则也就算不得是大观园了。

“公然又是一个袭人”

一日晚上，宝玉同贾母吃过晚饭，回到自己房中，见袭人已朦胧睡去，而晴雯、绮霞、秋纹、碧痕等几个丫头都寻热闹，找鸳鸯、琥珀等耍戏去了，只有麝月一个人在外间屋里抹骨牌，宝玉见状便笑着询问：“你怎不同他们顽去？”那麝月当即回答道：“都顽去了，这屋里交给谁呢？那一个又病了。满屋里上头是灯，地下是火。那些老妈妈子们，老天拔地、服侍一天，也该叫他们歇歇；小丫头子们也是服侍了一天，这会子还不叫他们顽顽去。所以让他们都去吧，我在这里看着。”

于是，“宝玉听了这话，公然又是一个袭人”。

麝月的回答真是信口而出，但逻辑推理非常严密，思维的层次也极是清晰，倘不是她于平日早有一番苦思，如此言简意赅，却又极为精彩的即兴文章是做不出来的。

大前提：“这屋里交给谁呢？”以天下为己任，于这间屋子的托付使命，非我莫属，一句话便点明了自己的存在价值，自己对这间屋子负的责任、自己对这间屋子的主子负的责任，已绝非任何人所能比附，摆正自己的位置，更要提醒主人认识自己的位置。

小前提：“那一个又病了”，那一个自然是袭人。袭人在“这屋里”的位置是谁也取代不了的，这一方面取决于袭人的才干，但最重要的是袭人于这屋外的政治靠山，贾母的信任、王夫人的重托，袭人于这屋里绝不是为了服侍主子，她不仅代表主子管辖不是主子的所有人等，甚至她还要约束主子的行为。所以，只有在“那一个病了”的时候，自己才能自觉地把那一个的总使命视作自己的使命，这样才不是自我膨胀，更不会对“那一个”有所威胁。

那些“老妈妈子们”，原都是些干粗活儿的婆子，那是远不能与自己同日而语的，唯鄙视这类下等奴才，才表示自己距离主子越近，尽管自己骨子里仍是奴才，但在心灵上是与主子相通的，这于奴才者辈中，算是出息成了人物。

而那些“小丫头子们”，任由他们顽顽去吧，他们自己不知长进，自也不可委以重任，即使他们当中有人想于这主子不在家“那一个”又病了的难得历史机遇中显一显个人才干，对不起，有麝月女子在，还轮不到你的头上。

唯其如此，才“公然又是一个袭人”了。

于大观园里做主子，自然个人有个人的打算，贾政要做官，贾敬要成仙，贾珍一意地要找“高乐”，宝二爷自己则更是在仕途经济的重压下苦苦挣扎，可见主子们因个人不同的品格素养而各自有着不同的自我设计。但在大观园中作为奴才，则只有唯一一条出人头地的选择，那便是“公然再是一个袭人”。倘若不能“公然再是一个袭人”，尽管也仍有许许多多的出路，但哪一条出路都远不如“公然又是一个袭人”好，或是找个人家嫁出去，或是给些银子打发回家，再或者连银子都不给，重责之后让家里来人领了回去，其结局都不堪设想。所以，这天下历来是主子好做，奴才难当；做主子是条条大路通罗马，当奴才却只有一条独木桥。

麝月是个有心计的女孩子，她自然知道该如何参与大观园里奴才们之间的这一场角逐，而为了要在这一场角逐中取胜，最根本的一条是要为自己寻找一个榜样，树立一个目标，暗中观察、模仿这个榜样的一行一动，沿着这个榜样取胜的道理亦步亦趋，如此才会使自己在暗中有长进，有出息，基本上走的是自学成才的道路。一旦机遇自天而降，提上来，立即便有非凡的才干；否则，真轮到你头上了，试用一段时期，发现完全不是那么一回事，发落下去从头学起，那时再想等一茬机会，怕就没那么容易了。

所以，麝月才看准了这个时机：宝玉陪老太太吃饭去了，而且不多时便会回来，老太太是不会留孙子在身边久坐的，而恰好今天“那一个”病了，小丫头子们爱玩，老妈妈子们凑不上前，这正是充分表现自我的千载难逢的好时机呀，于是她才一个人坐在外屋灯下抹骨牌，其心亦诚，其态也雅，其情亦真。可以想象，彼时彼刻，麝月女子必是无心地抹着骨牌，用心地聆听着窗外的动静，一听那主子熟悉的脚步声，立即便进入最佳状态，“公然又是一个袭人”，果然，她获得了巨大的成功。

不如此，大观园里有什么奔头呢？

马道婆论

《红楼梦》里有一个马道婆，曹雪芹描绘她并未使用多少笔墨，古往今来的红学家们也没有谁研究过这个艺术形象，可见这个马道婆实在是微不足道了。

《红楼梦》中的这位马道婆，曹雪芹没有交代她的身世。以她的活动来看，似是一个做杂事的婆子，尽管她是宝玉寄名的干娘，这倒不一定认真地需要是女道士，做杂事的道婆们终日照料佛堂，依然有资格在仙佛面前为寄名的公子祈祷平安。而且她还照看着几位王妃、诰命的海灯，这就更证明了她的杂役身份，再看她随身带着纸剪的青面白发鬼和小纸人，品格卑贱，实在是为有所信仰、有所修炼的女道士所不齿，马道婆者，龌龊小人而已。

《红楼梦》时代，佛道二家已是相互交融了，就道家而言，引佛入道的大业早已完成；就佛家而言，也已渐渐地走向民间。所以《红楼梦》一书从始至终，一僧一道形影不离，这既如实地反映了当时的生活风尚，也表现了曹雪芹的社会思想。而马道婆自己，则更是在佛道二家共有的大氛围中，取佛道二家之长，做个人谋生的伎俩。

这里，且看她庙里供奉的神位：第一，她有"专管照耀阴暗邪祟"的"大光明普照菩萨"；第二，她供着药王。为此，赵姨娘还送了五百钱上供。此外，还有哪位神佛？不得而知，但只这菩萨与药王同堂，便可想见马道婆的庙里是够兼容并蓄的了。

"菩萨"，原是佛教名词，是上求菩提（觉悟），下化有情（众生）的人，佛祖释迦牟尼修行尚未成佛之时，即名菩萨。"药王"，尽管中国人称神农尝百草知医药而为药王，但他仍是佛教菩萨名。《妙法莲华经》有"药王菩萨本事品"

句，可见这位药王祖籍在印度。好好的一处道家寺观不供奉太上老君和元始天尊，居然请来佛家神位登堂入室，这明明是为了适应市风民习而不得不如此的一种社会风潮。引佛入道，原本是道家的有识之士为丰富成熟道家学说而掠取的明智之举，但搞多神崇拜，已是明清道家为争取自身生存所必须选择的唯一生路。在这方面，马道婆更无所谓，也更实际，她的基本信仰便是从实用目的出发，在通俗化、大众化的道路上，在宗教上将道教观念和儒佛通俗说教融合一起，以民众的接受心理不断修正自己的宗教迷信活动。如是，迷信和方术相结合，使她掌握了一套灵活的谋生本领。

马道婆不代表任何势力，不负有任何使命，也不承担任何责任。她身为道婆，但和一直在《红楼梦》中形影不离的一僧一道完全不同，那一僧一道曾袖了一块顽石“到那昌明隆盛之邦，诗礼簪缨之族，花柳繁华地，温柔富贵乡去安身立命”，如此才有了一部感天动地的《红楼梦》行世。而此后又无论是空空道人检阅《红楼梦》，还是跛足道人唱《好了歌》，他们毕竟是于红尘有所宣教，于众生有所指点。而到了这个马道婆身上，她就早只从道家的宗教信仰中供得一件谋生的衣钵，又借道婆的身份，以做骗人欺世的招牌。

同是在荣国府里，马道婆只是被宝王的烫伤“唬了一跳”，继而又“向宝玉脸上用指头画了一画，口内嘟嘟囔囔的又持诵了一回”，明明是为宝玉驱魔除灾，继而她还建议贾母为宝玉在菩萨像前点上个大海灯，而且不要折了孩子的福分，“大则七斤，小则五斤”也就够了。应该说，这是为宝玉想得够周到的了。但是转身一变，到了赵姨娘这里，她又帮着赵姨娘出谋划策，巧施妖术“把他两个绝了”。这“他两个”，其一是琏二奶奶王熙凤，其二就是马道婆自己正准备回到庙里点上海灯去保佑平安的贾宝玉。于是，马道婆从裤腰里“掏出十个纸铰的青面白发的鬼来，并两个纸人”。纸铰的青面白发鬼和纸人，马道婆身上不知带了多少，在她剪制这类青面白发鬼和纸人时，也不知派它们做什么用场。青面白发鬼代表邪恶，纸人则代表要以邪恶除绝的仇敌。于是马道婆交代说：“把他两个的年庚八字写在这两个纸人身上，一并五十鬼都掖在他们个人的床上就完了。我只在家里作法，自有效验。”

马道婆自己也不去寻思，究竟是她的海灯灵验，还是她的纸人灵验？或者二者都不灵验，真是要“以子之矛攻子之盾”了。至于马道婆自己呢？她知道二者全是骗人的方术，她才不会认真，最终她不过从贾母一方索要到每日的五斤油钱，区区有限。从赵姨娘一方，马道婆也没有要大价钱，不过是“我正没了鞋面子了。赵姨娘你有零碎缎子，不拘什么颜色的，弄一双鞋面给我”。此外，还得了一张五百两银子的“欠契”，如此而已。

马道婆其人，只是社会渣滓罢了，她生存于人们的仇恨与嫉妒之间，因为她深知“大凡那王公卿相人家的子弟，只一生长下来，暗中便有促狭鬼跟着他”，而跟着在促狭鬼后面的，便是马道婆。在马道婆的庙内，南安郡王府里的太妃“愿心大”，一天是四十八斤油，一斤灯草。究其缘由，自然是这位王妃于世上感觉到的威胁大，暗中跟着她的促狭鬼也多。此外还有锦田侯家的诰命，按说是够尊贵的了，但也有不遂心愿的事，所以也要来点海灯。点了海灯，便将促狭鬼降伏了，马道婆这里是遍天下促狭鬼的收容所。

是因先有了人们之间的嫉妒与仇恨，然后才有了马道婆，还是先有了马道婆，然后才激发了人们之间的嫉妒与仇恨？此中确有些英雄造时势，时势造英雄的道理。但颇为有趣的却是，以马道婆这类污浊小人居然可以理直气壮地出入荣国府，而且当之无愧地做宝玉寄名的干娘，此中并不足以提高马道婆的身分，只能是世道过于艰难，人们感受到的嫉妒与仇恨过于可怕，而促狭鬼们又太多太恶的缘故了。

马道婆的存在适应了两方面的需要，一方面是贾母害怕心肝宝贝儿宝玉会有一时的飞灾，除了在有名望的庙宇为儿孙祈祝平安之外，还要花几个小钱将那些促狭鬼们打点好了，这样她才肯屈尊和污浊人物往来，因为世间的种种罪恶，人往往真要不得不做出些违心的事来。另一方面，有人要发泄心中的仇恨，正面的杀伐又不具有这么强大的势力，唯一的办法就是暗里算计。而且暗里也算计不出什么名堂来，最后就只能求助于马道婆这类人物了，于无望中寄一线侥幸，“你若果然法子灵验，把他俩个绝了”。用心堪称良苦，实在也太卑劣。

马道婆这类人物也仍是一种文化现象，她将宗教、方术、人际关系和阴暗心理融为一体，是附着在阴暗文化心态方面的一个寄生物，在复杂的社会人际之间又经历了一次通俗化的过程，人们在这个综合体的身上很难追溯出渊源，但人们也就只因为需要她，便不顾她的欺骗性，而宁肯上当受骗。

至于“魇魔法姊弟逢五鬼”，看着似是马道婆效应，其实与马道婆毫不相干，而马道婆效应原就是以无效应的效应，将一切的灾祸都解释为是自己的发难。不过倒是那形影不离的一僧一道破了这场飞灾，他两个只取来宝玉与生俱来的稀世奇珍，断言“如今被声色货利迷”，又持颂一番，告知贾政“此物已灵，不可亵渎”，然后便扬长而去了。他两人一点儿也未提到此中有马道婆作案，可见真人是不被妖孽所惑的。

至于马道婆呢？拿了几斤油钱和一双小脚鞋面料，一去便没了消息，也不知她回家是否真的施了什么法术，但她并没有回来验证自己的法术到底得了什么效验。更没有向赵姨娘点换那五百两的“欠契”，一番逢场作戏，两头讨些便宜罢了。张扬促狭鬼的狰狞，在善良的人心中制造恐怖，以点海灯为名骗

图书在版编目（CIP）数据

平常人语 / 林希著．—北京：民主与建设出版社，2017. 8

（名家散文自选集）

ISBN 978-7-5139-0806-1

Ⅰ．①平… Ⅱ．①林… Ⅲ．①散文集－中国－当代 Ⅳ．① I267

中国版本图书馆 CIP 数据核字（2017）第 193384 号

平常人语

PINGCHANG RENYU

出 版 人	许久文
总 策 划	李继勇
责任编辑	刘　芳
封面设计	宋双成
出版发行	民主与建设出版社有限责任公司
电　　话	（010）59417747　59419778
社　　址	北京市海淀区西三环中路 10 号望海楼 E 座 7 层
邮　　编	100142
印　　刷	三河市腾飞印务有限公司
版　　次	2017 年 10 月第 1 版　2017 年 11 月第 2 次印刷
开　　本	787mm × 960mm　1/16
印　　张	19 印张
字　　数	180 千字
书　　号	ISBN 978-7-5139-0806-1
定　　价	39.80 元

注：如有印、装质量问题，请与出版社联系。

得几斤油来；再吹嘘自己的法术，让邪恶的人发泄心头仇恨，说是能暗算什么心腹之患，其实不外乎是要了一双鞋面料。这等样人真是成不了大气候，酿不成大灾祸，不外乎是使人们之间的仇恨变得更深重，在人际间制造些小麻烦罢了。